十代への手紙

ウイズアウト・ドローン

西崎　憲

夏休みがドローンなしになったので明山クレハはかなり不機嫌だ。

彼女はいまひとりで新幹線に乗って青森に向かっている。ひとりで青森まで行くのはこれで二度目で、母親も父親も忙しいので一緒にこられなかったというのがその理由だったのだが、明山クレハはそういうことには慣れている。けれどドローンなしでこの夏を過ごすのはとにかく不当な気がして、そっちのほうの原因については考えれば考えるほど怒りが湧いてくるのだった。

新幹線の窓から見える景色に田んぼや畑や人のいない道が増えていき、いつものようにそれは面白いものだったけれど、不機嫌のせいで田舎のそういうのんびりした景色もあまり目に入らなかった。

けれど、クレハの不機嫌は珍しいものではない。彼女は自分でもそれはある程度自覚している。そしてそれは冷静に考えてなぜそうなるかは自分ではなく周囲のせいであると結論をくだしていた。

クレハは小学校五年生だ。だからまわりから小学校五年生として扱われるのは当たり前といえば当たり前だったけれど、本人としてはそれはかなり不満だった。

なぜかというと彼女はドローンの大会でもう三度も優勝している、いってみればその世界のチャンピオンのひとりなのだ。チャンピオンだからそれらしく扱って欲しいと思う。年齢や性別に制限のない大会のチャンピオンなのだから、小学校五年生というのは関係ないし、女子であるというのも関係ない。ただドローンの操作がそのとき一番うまかった、その大会で一番いい成績をあげたという事実があるだけだ。まずみんなそこを見て欲しいとクレハは思うのだが、実際にはそんなふうにはならなかった。

クレハが出場したのは、「ループ」という部門だった。その部門は文字通りループつまり「輪」が大きな要素を占めていて、コースにはたくさんのループが不規則に並べられていた。ループにぶつかってはいけないし、ゴールまでの所要時間も短いほうがよかったし、最後のループ、通称ビッグ・ループの通りぬけ方も大きな得点になった。そこはただ抜けるだけではだめなのだ。縦や横に回転しながら、あるいは背面飛行などの技を披露しなければならなかった。つまりループは操縦技術がもっとも必要な競技だった。クレハは各地で行われた大会のその競技でこれまで三度優勝しているのだ。

そしてついこのあいだ、三度目の優勝のあと、クレハの愛機であるイプシロンが壊れた。いや、たぶん壊された。

事故ということになったけれど、あれはわざとだった。たぶん誰かが負けた腹いせにやったのだ。

明山クレハはドローンを持って表彰台にあがり、メダルを首にかけてもらい、それから花束を受けとらないといけないので、横で待機している係りの人にイプシロンを渡した。その人は表彰台の後ろに置いてある折りたたみ式のテーブルに受けとったイプシロンをのせた。

クレハはそのあとべつの場所で取材を受けた。取材が終わって表彰台まで戻ると表彰台の後ろのテーブルはたたまれていた。イプシロンはどうしたのか、どこかべつのところに移されたのかと思ったけれど、床を見るとそこにあった。踏みつぶされた虫のようになって。ボディーはひしゃげ、プロペラを支える四本の肢の二本がもげていた。あんなに空間を自由に飛びまわっていたのに。白いわたしのイプシロン。

イプシロンは修理不能だった。ドローンは精密機械で物理的な力に弱かった。イプシロンは同機種のなかで特別なものだった。ドローンには個体差がある。作られる過程は同じはずなのに、一機一機ちがうふうに仕上がるのだ。イプシロンはほんとうに自分の分身みたいに気があう個体だった。

新幹線は空いている。クレハは二人席にすわっていたが結局最後まで隣の席は埋まらず、子供がひとりで旅をしているとかならずきかれる質問に答える必要もなく、まわりに気をつかうことなくサンドイッチとお茶をゆっくり食べることができた。クレハはすこし幸福感を感じた。車両のなかはとても静かで、やがて窓の外に海が見えるようになった。そうなると青森はもうすぐだった。

プラットフォームに降りると湿気のないさらさらとした空気が全身を包んだ。青森駅まで工藤のおじさんが車で迎えにきてくれていた。おじいちゃんの家は駅から車で約一時間走ったあたりにあって、おおらかな地方都市といった雰囲気の市内とはちがって、そこはほんとうに山のなかで、山村という言葉で誰もが思い浮かべるようなひっそりした村だった。

海が見えたあたりから不機嫌はゆっくりと夏休みへの期待に変わりはじめ、工藤のおじさんの顔を見たときには完全に気持ちは切り替わっていた。クレハは母親の兄である工藤のおじさんが好きだったし、おじさんの子供のケンジも嫌いではなかったし、おばさんのほうの親戚のトリコも嫌いではなかった。ケンジもトリコもやはり夏休みはおじいちゃんの家ですごすのだった。

車は曲がりくねった山道を川に沿ってゆっくりと登っていく。

窓から濃い草や木の匂いがはいってくる。夏の匂いだとクレハは思った。おじさんはあまり話すほうではない。暑かったけれどやはり湿度がちがっていて、腕や顔をなでていく風は澄んで明るい。

門から車を乗りいれ、トランクから荷物を出していると、家からおばあちゃんやケンジやトリコが出てきた。体のなかからなにかがどっと溢れてきて、クレハは笑って駆けだし、おばあちゃんに抱きついた。

あとからおじいちゃんが出てきた。クレハはおばあちゃんにしがみついたままできるだけ深くお辞儀した。おばあちゃんもおじいちゃんもいつもきちんとしたかっこうをしている。おじいちゃんは白いズボンに明るい色のシャツを着ていた。

東京と青森ではどちらが好きかときかれたらクレハは困っただろう。東京の暮らし、学校や家や町はぜんぶいいところばかりではなかったけれど。友達もいたし市子おばさんもいたし、ドローンもあった。だからそっちのほうを選ぶだろうと思ったけれど、青森の生活にはそっちにはないものがあった。たとえば川、おじいちゃんの家は川沿いにある。だからいつも川の音がしている。川の音は不思議だ。川は誰が動かしているのか。二十四時間休みなしだ。あれだけの水を流すにはいったい何本の蛇口を開ければいいのだろう。

おじいちゃんの広く暗い書庫はどうだろう、天井までの外国語の本、どこの国のものかわからない置物、使い方のわからない道具。何台ものコンピューター。

そして家の周囲にあるもの、山、森、小道、神社、セミ、花火、大きな果物、あんなに大きな果物がほかにあるだろうか、スイカ、緑と黒の縞模様もすてきだ。なかを開くと赤いのも不思議だ。

おじいちゃんはブンケン学者だった。壁を覆っている本の全部にはあたりまえのことだけれど字が書かれている。人が考えてそこに字を書いて一冊になっているのだ。それがほんとうに何冊も何冊もある。読めない本でも夜になってから月の光で読むとなにかが伝わってくる気がする。

三日目の午後、二階の畳の部屋で三人でごろごろしていると、ケンジがそういえば、と言った。そしてこわい話をはじめた。

家から三十分くらい歩いたところに採石場があって、そこからまたすこし歩くと洞窟がある。洞窟にはなにかが住んでいる。

幽霊の声がする。

トリコはこわがりだったので、耳をおさえた。

幽霊っているの？　とクレハはたずねる。「いつの話なの？」

いまの話。

おととい友達が聞いたって、気味が悪い声。

そんなことあるのかなあ。

洞窟のなかに入ってみた。肝試し。

肝試し、子供がやりそうなことだとクレハは思った。自分も子供だったけれど。

「めちゃくちゃこわかったたって。じごくの底から聞こえるような声だって言ってた」

「じごくってちょっとイメージできないからあんまりこわくない」耳をふさいでいたはずのトリコが言った。

短い髪のトリコ。

「髪切ろうかな」とクレハは言う。

「どうして？　長い髪きれいじゃない」トリコは答える。

会話に加わろうとするように窓の外の葉が風に鳴る。

夕飯のあと、映像を見るぞとおじいちゃんが言った。

三人は顔を見あわせた。おじいちゃんがそんなことを言うのははじめてだった。

「映像って映画？」ケンジが言う。

「そうかな、そうだろうね」クレハも曖昧に答える。

「アニメ？」トリコがそう言って、おじいちゃんにきいた。

「アニメじゃないいな」おじいちゃんは笑いながら答えた。

「おもしろくはないかもしれない、これは自分たちのために映すんだよ、すまないね」おじいちゃんはそう言った。

自分たち、というのがおじいちゃんとおばあちゃんであることが三人にはすぐにわからなかった。そうだとわかってからも不思議な感じがした。おじいちゃんとおばあちゃんのための映画？

どっちにしても、いままでにないことだったので、それはちょっと興奮することだった。どうやって映すのだろう？　どこに映すんだろう？

夕飯がすんで、裏庭に二本のスタンドが立てられ、そのあいだに白いスクリーンが張られた。クレハたちも手伝った。二、三メートル手前に台が置かれ、映像を映す機械がその上にのせられた。

おじいちゃんがノートパソコンを持ってきて、コードをつなげた。

みんなで虫除けスプレーをかけあった。

家の電気が消されて、プロジェクターから光が送りだされ、おじいちゃんがキーを叩いて、映画がはじまった。

暗い夜の庭で光の絵が躍る。

なんの映画か全然わからない。

おじいちゃんも説明しない。

「おじいちゃん、これなんの映画？」とトリコがきく。

「ドキュメンタリー映画だよ」

そこから三人にすまなく思ったのか、おじいちゃんはすこし説明をしてくれるようになった。建築家がいて、その人の子供が父親の造った建築を見てまわる、それを映したものということだった。

ドキュメンタリーというのはほんとうにあったことを撮影したものという意味らしかった。よく意味のわからない映像がつづいた。あまった光が夜の木の葉に映る。虫が光のなかを何度も横切る。虫の影がドキュメンタリーに参加する。

おばあちゃんはとうもろこしを茹でながら見ていたようで、途中でざるに盛られたとうもろこしが出てきた。

ケンジがすぐに手を伸ばし、かぶりつき、あちちちと言った。あ、まだだめよ、とおばあちゃんは言った。やけどするわよ。

とうもろこしはおいしい。

おじいちゃんの映画はよくわからない。

書斎によくわからないものがたくさんあるようにわからない。

川の音はずっととぎれない。空は星でいっぱいだ。

つぎの日の朝も晴れていた。空の色が東京とはちがって水色で、それにずっと高く見える。お昼前に門の前で車の音がして、見ると市子おばさんがタクシーから降りるところだった。

クレハはサンダルをつっかけて急いで迎えに出た。

「こられないって言ってたよね、だいじょうぶになったんだ」

ケンジたちと荷物を奪いあって、そしてお土産の入った紙袋を確保して。クレハはそうきいた。

「だいじょうぶじゃないのよ。放りだしてきた」

おばさんはそう言って笑った。

大きな花のワンピースの市子おばさんは、大きな声で玄関でただいまと言った。おばあちゃんがおやおやと言いながら奥から出てきた。

お昼はそうめんだった。大きな鍋でものすごくたくさん茹でて、クレハたちも長い箸でざるに盛るのを手伝った。そのあと居間でおみやげの包みが開けられた。おばさんはみんなにおみやげを買ってきていた。ケンジにはタブレット、トリコには服だった。クレハは自分にはないと思っていた。東京でいつも会っているのだから。けれどおばさんはクレハに大きな箱を差しだした。なにも書いていない大きな箱。そして、自分は食堂にいるおじいちゃんやおじさんと話をしにいった。ビールの栓を抜く音が聞こえた。

大きな箱を開けると、なかも大小の箱で、一番大きなものを開けると、発砲スチロールで固定されたドローンが出てきた。ケンジがおーっと声をあげた。そのドローンはイプシロンより一回り大きく、ちょっとずんぐりしていた。

これは自分にくれるということなのだろうか？　クレハは首をかしげながら、居間に行って、きれいな色が散らばったグラスでビールを飲んでいるおばさんにきいた。市子さん、あのドローンなに？

業務用ドローン。ナイトフライっていうの。夜間作業用ドローン、と市子おばさんは答えた。

「普通のドローンは夜は飛べないようになっているでしょ？　でも学術研究で必要だからって試験的に作ったの。カメラは赤外線に切り替えられるのよ」

「へええ、夜飛べるんだ、すごい」

「試験がてらクレハに飛ばしてもらおうと思って。機体にもＬＥＤがついてて、暗がりでも識別しやすくなってるのよ。充電は四十分。モードは１に設定してあるわ」

市子おばさんはドローンを作る会社を共同経営していた。そしてそれが自分がドローンの操縦がうまい理由のひとつだとクレハは考えていた。

大会で三度優勝したのは自分に実力があったからだと確信していたけれど、自分が条件的に恵まれていることはよくわかっていた。

おばさんの会社には検査用の広い飛行スペースがある。ドローンの操縦技術はとにかく練習時間に比例する。ドローンはどこでも飛ばせるわけではない。というかほとんど東京では飛ばせない。練習場所が確保できるということは絶対的に有利なのだ。自分と同じ練習時間を与えられれば自分よりうまい人間はたくさん出てくるかもしれない。クレハはそこは認めている。自分はドローンをやっている人間のなかで一番反射神経がいいわけではない。

その夜、庭に出て、みんなが見守るなか、ナイトフライを飛ばしてみた。イプシロンよりモーター音は大きく、動きも重かったが、差はすこしだった。周回させ、連続宙返りをやらせてみた。それから側転、捻りつき宙返り、背面飛行。側面と下面のＬＥＤの光が小さな花火のように暗闇を舞う。

おじいちゃんが感心したように唸った。おじいちゃんが感心するなんてほんとうに珍しいことだ。

ちょっとやらせてと、ケンジが言った。わたしもやりたいとトリコも言い、結局市子おばさんとおじいちゃん以外の全員が操縦した。最初にすこしずつ動かすんだよと強く言いすぎたせいか、ケンジとトリコはほんとうにおっかなびっくりで操縦した。逆におばあちゃんの操縦は豪快でみんなが驚き、笑った。

光、鳥の声、緑の匂い、野菜を洗う手、洗われる野菜、洗われるときゅうりはもっと緑にトマトはもっと赤になる。それにあまり見たことのない野菜、アーティチョーク、ヤシの芽。料理にはあまり興味がなかったけれどおばさんが作るところを見ていると魔法みたいだと思う。川の音に水道の音が混じり、木の枝を風がゆらし、葉は裏側の銀色を秘密だよとひるがえす。

午後、甘く薄い紅茶を飲みながらケンジがたくらみごとがあるような顔で言った。

あのさあ、あのドローン、洞窟のなかを飛ばしてみない？

洞窟のなか？

試作機だからどうなんだろう、おばさんがいいって言うかな。

ケンジはさっそく市子おばさんのところにいってきいた。ケンジはおばさんに幽霊の話をした。

「ふーん、そんな話があるんだ。人が行き来できるくらいのスペースだったら問題ないかな。たたりとかないわよね？　まあいいかな。飛行時間には気をつけてね。充電が切れたら大変そうだから。なかがあまり複雑だったらすぐ引きかえすのよ」

ケンジにせっつかれながら、クレハとトリコは出かける準備をした。トリコは行くのは気が進まないらしかった。

おばあちゃんは虫除けスプレー忘れないで、うるしとか気をつけて、蜂もいるからと言った。帽子をかぶり、三人で洞窟に向かった。

家を出て、いったんすこし下り、十五分ほど歩いて横道にそれる。

採石場に人はいない。夏の光の下で岩の断面は真っ白だ。採石場はさみしい感じがする。

採石場の右に道がある。

上り坂になってしばらく歩くとまもなく前方に崖が見えてきた。そして洞窟の口が現れた、三人は洞窟の前に立った。

静かだった。川の音も鳥の声も聞こえず、すこし離れた森からたまに枝に吹きつける風の音が聞こえるだけだった。幽霊の話をきいていたせいか、気味の悪い感じがした。洞窟のなかから声が聞こえるかどうか三人は耳を澄ました。

クレハは洞窟の前で箱からナイトフライを取りだした。地面に置き、電源を入れる。操縦機のディスプレイに映る映像を暗視モードにする。それで赤外線が映像をとらえてくれるはずだった。カメラの角度を前方下四十五度に設定し、ホバリングさせ、発進させる。

周囲の岩にあたらないようにゆっくり進めた。左右から二人がコントローラーのディスプレイを覗きこんでいる。

三分ほど進むと道がふたつにわかれた。トリコにメモをしてと頼んで、左に進む。時間も書いてもらうことにした。またふたつにわかれていた。混乱しないように今度も左に進んだ。そうすれば帰るときには右だけを選べばいいことになる。しだいに狭くなる。人がようやく通れるくらいの高さと幅。けれどそこを抜けると洞窟はまた広くなる。そして突然部屋のような空間に出た。その広間のような空間には驚いたことにまんなかに小さい家、祠《ほこら》があった。クレハはホバリングしながらゆっくりドローンを回転させた。その空間には穴がいくつもあり。人が入れそうな大きなものもあった。思ったより洞窟は規模が大きいようだった。クレハは戻るべきかどうか迷った。ふたりにきいてみた。

「もういいかな、あんまり面白くなさそうだ」ケンジがそう言った。それで戻ることにした。方向転換しようとした瞬間画像が消えた。真っ暗になった。トリコの喉からひっという声がもれた。クレハも驚いた。まず考えたのは充電がなくなったのかということだった。墜落した？ でなければ洞窟のなかにいるなにかがナイトフライをつかんだ？ 叩き落した？ けれどコントローラーはまだナイトフライが飛行中であることを告げていた。

画像がふいに戻る。ディスプレイの画像に変わったところはないようだった。一時的な不調だろうか？ 飛行時間はまだ十四分だった。時間はかなり余裕はある。クレハは逆にもうすこし進んでみたくなった。

穴のどれかに入ってみることにした。地面と同じ高さにある穴、祠の真後ろの穴。

祠を飛びこえ、大きめのその穴に入った。ゆっくりと進む。穴は広がったり狭くなったりしながらつづいている。なにも変わったものはなく、やがて狭くなるいっぽうになった。そろそろ引きかえそうと思ったとき、ディスプレイのなかに手が現れた。岩の床から突きだした白いその手は揺れてクレハたちを招いた。

ケンジとトリコは両側からクレハの腕にしがみついた。

反射的にクレハは後進させていた。揺れる手がディスプレイのなかで急速に小さくなっていく。けれどクレハのなかでなにかがささやいた。ちょっと待てと。クレハは後進を止めた。

クレハ、こわいよ、なんで止めるの？　とトリコが言った。「ついてきちゃうよ」

もう一回ちゃんと見たいのとクレハは言った。

今度はじりじりと前進した。手の動きはいま止まっていた。岩の上でうなだれたようになって静止していた。クレハは近づいた。やはり動かない。手首が見えて腕が見えた。それは岩の床の切れ間から生えていた。そして切れ間のなかに顔が見えた。白い顔、目をつぶっている。

男の人？

「これ、ほんもの？」

「それ、ほんものの幽霊かってこと？　それともほんものの人間かってこと？」

人間？

そうかも。

落ちたのかな、ここに？

クレハは動画撮影モードに切り替え、録画を開始した。手はやはりぴくりとも動かない。帰りは行きより苦労した。一か所で道を間違えてしまったのだ。

ナイトフライのプロペラの駆動音が洞窟から聞こえ、ついで姿が現れたときには、三人の口から歓声がもれた。

クレハはナイトフライを地面に停止させ、プロペラをたたんでケースに入れて、二人に言った。

「駐在に行こう。あの人、事故にあったんだ」

三人は急いで道を下り、採石場を抜け、早足で駐在に向かった。

まっ黄色の小さな粒の列に歯を立てながら、とうもろこしというのはなんておいしいんだろうとクレハはまた思った。ケンジとトリコにそう言うとケンジは自分はスイカのほうが好きだと言った。トリコがわたしは花火のほうがいいと言った。食べ物の話だよ、とクレハは思った。

洞窟のなかの人は関東からきた、旅行者というか、写真家というか、そういう人ということだった。その人は五日間あの状態だったらしく、衰弱して死にかかっていたのだった。市内の病院で手当てを受けて、まもなく回復するだろうということだった。

クレハたちは表彰されることになった。けれど、表彰式に出るのはケンジだけになる予定だった。あさってにはクレハもトリコもおじいちゃんの家からいなくなるのだから。

ナイトフライは荷造りして市子おばさんの会社に送ってもよかったのだけれど、自分で持って帰ることにした。ナイトフライをレースに使うことはできないけれど、クレハはナイトフライの顔がなんだか好きになっていた。ドローンには顔がある。二泊だけして東京に戻った市子おばさんからメッセージがきた。イプシロン2がもうすぐ完成すると書かれていた。

セミの声がうるさい、これではみんみんという音の海だ。セミの声の海は泳げるものだろうか。でもこれも悪くない。夏はいつだっていいものなのだ。

ばらんす

ミカヅキカゲリ

こわくて、堪らない。

バランスが取れない。


わたしは気がつくと、立てなくて自分のちからでは殆どなにもできなくなっていた。からだが麻痺しているということは、日常の食事や着替えや意思疎通もうまくいかない、ということだ。

しゃべりがうまくいかず、ジェスチャーもできない。なにかをほしい、たとえばなにか飲みたいとか、でも通じない。

学校帰りに買い物をする、みたいな自由がない。そもそも注文が通じない。お店に入れたとしても、だ。

みんな、善人だろうとはおもうものの、見知らぬ方に買い物も食べさせてもらうのも、躊躇われる。ましてや、トイレ介助や身体の調整はなおのことだ。それを頼めるほど、わたしはつよくなれない。


つよい……つよさ、や逆に弱いって、何だろう？

図々しい人になることだろうか。

わたしができるのは、中指を動かして画面上に、文字を綴ることだけど……それにも、特殊な装置や準備が必要なのだ。

この間、ひとりのとき、トイレを我慢していて、かつ、具合がわるくなった。吐き、そのまま、ベッドからおちかけていた。

でも、誰もいないので、そのまま。部屋には、鍵が。わたしは、吐瀉物まみれ。涙と鼻水も。


以前、救急で病院に行った時もトイレを我慢しつつ、吐いていてみじめだった。

わたしは、いま、遠慮の塊みたい。声の出し方すら、忘れてきた。

もともと、気よわなのか。


つよい……つよさ、や逆に弱いって、何だろう?

図々しい人になることだろうか。

わたしは、車椅子の方、と呼ばれる。

初めての人は、わたしを遠巻きにする。

クリスマス、とか、街は、華やぐけど。

わたしには、遠い。寒さも相まってわたしは、ひとりを痛感する。

もうずっと、声を上げていない。車椅子の方としての先輩は、居眠り運転に巻き込まれて亡くなった。

わたしは、バランスが取れない。

おとうとだけが必死にわたしをつなぎ止めようとしてくれる。
孤独なのは、わたしが車椅子の方だからか、縋れないからか。
たすけて、を躊躇うからか。

本音を明かせない。
こわい。
バランスが取れない。

くり返してもどうしようもない。だから、辞めよう。
おやすみなさい、わたし。
おやすみなさい、世界。

快盗アリセ
～あるいは勤労少年のジョワイユな冒険～

川合大祐

あの夜からいくつの夜と夜が過ぎ去っちまっても、あいつとのあの一夜、いやあいつとのあの一瞬を忘れるわけがない。

俺はあの日の夕方、ゲーセンの駐車場の自販機にもたれ、澁沢龍彦片手にペプシ飲んでた。百均の腕時計の針はもうすぐ六時。やばい仕事――俺はそれがバイトだなんて思ったことはない、仕事は仕事だ――がそろそろ本格的にやばくなってきたとこだ。

少なくとも一ヶ月前に高校生になったばかりの坊やに、これは言葉通り荷が重すぎるのかい？ええ坊や？

なんて自嘲してみたけど、畜生、その通りだ、坊や。

五月の浅い夕暮れ。隣のしまむら解体に集められた、重機が輪郭ぼうっとしはじめてる。干し草満載にした「のんびり牧場」のトラクターが国道の渋滞惹起してる。生臭い空気の冷たさ。ひび割れたアスファルト。ホームレスに見えないことでホームレスに見えるてかてか背広の男が向こうでうずくまってる。

誰だよ、五月は最も美しい季節だなんて言った奴は。少なくともこの地方都市のゲーセン――国道沿いに潰れた大型酒屋のなれの果て――の中には、この世で最も美しくない人種がハーブ入りのタバコを喫い回しあってるだろう、おそらく。

切れかけた〈GAME　茶壺〉の電飾の下に誘蛾灯がやっぱ切れかけていて、愛しいほど愚かな蛾が特攻の機会を窺ってじたばたしてる。

俺は学ランの右ポッケに手を突っ込んで、そいつの感触を確かめた。やっぱ左肩のカバンに入れといたほうがよかっただろうか？　そんなことで迷うなら、はなっからこの仕事に首を突っ込まなきゃ良かったんだ。俺はも一度そいつを弄ってみる。片手で握れる、ニンテンドースイッチ。ただし記録《おぼ》えてんのは（おそらく）こどもがすきでたまらない大人のための画像か、それこそハーブの顧客リストか、その手の闇が深いデータだ、おそらく。

運び屋の仕事は仕事。商品の中身には手をつけない。実践で身につけた教訓だ。待てよ、お前実践て言うほどの場数踏んでんのかい？　坊や。

軽くゲップして、ペプシの終わり。二十一世紀式ひとりっきりの最後の晩餐――パン抜きってわけか。

俺は後ろ手でリサイクルボックスに空き缶を放り込み、河出文庫を閉じて――お騒がせノストラダムス、宿無しガスパール・ハウザー、くたばり損ないカリオストロが閉じられて――ポケットに突っ込むと、自販機の側面から体を跳ね上げた。蛾が突入してバチッて音。

瞬間、

「もーりーくん、森嵐《もりあらし》くん」

ぽん、と右肩を叩かれ、そのまま細い弾力あるものに右腕を絡まれてる。

淡い――おそらく染めてない――焦茶色のショートカット、同じ高校の異性の制服――クリーム色のセーラー服に袖口の余る白ニット、女生徒用肩掛けカバン、これは学校指定じゃないVANSのローテクスニーカー――につつまれた細い体、俺の胸元までもないだろう身長、白い肌、するどくかたちのいい顎、うっすらピンクの唇、すっきりした鼻筋、青みがかった大きな吊り目。

透明な声が言う。

「森くん、どうしたの。たそがれちゃって」

「自分が美少女って自覚があるんなら」

俺はそのちまっこい体をそっと引き離した。

「それはそれでいいが、世の中の男がすべて言いなりになるなんて、思わないほうがいいぜ、名も知らぬ花」

「ひどーい。いろいろひどいなー。ボクだよ、ボク。気づかない？」

しばらく考えていたのか、考える前にわかっていたのか、今ではもう俺にもわからない。

「有瀬《ありせ》か。おまえ、汎有瀬《はんありせ》か」

話したこともない。クラスの男子の中で一番背が低い奴。学ランに「着られて」、眼鏡をかけて、昼飯はいつもひとりでランチパック一個だけ食ってる奴。悪い意味で目立つようでまるで目立たない奴。

そいつが、親爺どもなら生唾飲み込むような女子高生の姿で、目の前にいる。

「あったりー。森くん、よくわかったね、ボクだって」

「瞳だな」

昼間は眼鏡の下で死んだようになってた。いまは裸眼、きらきら光沢を放ってる。

「め？」

「何て言うのか――いつも妙に憂愁《ブルー》だったからな、印象的だった」

「見ててくれたんだ。うれしい」

「別に俺はうれしくない。こんなとこで何やってる。未成年が」

「自分だってそうじゃん」

「俺はもう十六だ。お前は?」

「十五になったばっか。森くん、誕生日早いんだ」

「四月二日だ」

「うらやましいなー。それでそんなに体おっきいんだ。ボク、三月だから、こんなにちっちゃい」

「うらやましいか? 俺を産んだ人間から言われるんだぜ、『実はね、あなたの誕生日は、今日だったのよ、信じられないかもしれないけど』、四月一日に、毎年だ」

「お母さんと仲良いんだね」

「奴が、エルメスとロマネ・コンティと〈文芸とアルケミスト〉に金を使い果たしてなけりゃな」

「それで森少年はバイトに励む、と。泣かせる話だねえ。こりゃ」

「バイトじゃない。仕事だ。おい」

俺は有瀬の左腕を掴んだ。

「お前、なにを知ってる?」

有瀬はちょっと眼を丸くして、だからと言って何の怯えも見せたわけではなく、

「『なにを知ってる?』やっぱり森くん、面白いね。すごい面白い」

俺が軽い力で握っていた手を、もっと軽い力ですり抜けて、有瀬は腹を抱えて笑い続けた。その

無意識レベルの動作すべてが、生まれついての――人は女性として生まれるのではありません、女性になるのです――少女のものに見える。俺の目からは。

「冗談がお気に召したようで。もっと続けましょうか、姫。『お前は、なにをやってる？』」

「すごいすごい。ほんと面白い。自分のことは言わないつもりなんだ」

「俺は仕事をしている。それだけだ」

「ふーん」

有瀬はまた別のうつくしさを見せる横顔を向け、ふたたび俺をまっすぐに見て、

「これ、なーんだ？」

だぶついた袖からのばした、右手の上でジャンプさせる。手の甲に紫の蝶のタトゥーがひらめく――こんな刺青してたっけ、こいつ？　それはいい。奴の手の上。河出文庫。それもまだいい。携帯電脳遊戯機械、ニンテンドースイッチ。俺は自分のポケットをすぐさま探る。あの時か。こいつが腕を組んできた時。

「返せっ……」

本気で捕まえようとした俺の両腕を、あっさりと有瀬はかわす。

「ゲームが好きなんだね」

「ああ好きだ。ゲーム依存症だからな。それがないと生きていけない。いずれ施設に入って治す。だから今は返せ」

「返してもいいけど」

有瀬の顔には、ずっと天使——奴らはどうせ人類に悪さしかしない——の微笑が浮かんでる。

「ボクとつきあって」

「だから、男がみんな言うことを聞くだなんて——」

「そうじゃなくて、今夜一晩、ボクにつきあって」

「言いたいことはわかるが、余計誤解を招く表現だぞ」

「森くん。森くんはボクが嫌い？」

有瀬の微笑が消える。願うような、祈るような眼差し。

「少なくとも、別に好きではないな」

まだ。今のところはまだ。

「……ひどい。ひどいよ、ボクは本気で言っているのに……」

青みがかった瞳に涙があふれ（やはり涙も青いのだろうか。とだけ俺は考えた）、長い睫毛を閉じて、有瀬はしゃくり上げはじめた。

「悪かった」

俺は有瀬を抱きしめる。折れそうなほど細い。震えてやがる。

「俺が悪かった。俺はお前を傷つけるつもりはなかった、誰にも傷つけさせるつもりもない、これからもない。ずっとだ」

「ほんとに？」

「ああ。誓って本当だ」

「信じてもいい？」

「信じるって言葉は嫌いなんだ、すまん」

「でも、うれしい」

　有瀬が泣き笑って、俺の首に両腕を回す。シトラスミントの香り。抱擁しあっている俺たちの横を、ホームレス風のてかてか男が通り過ぎ、ゲーセンの自動ドアが開き、閉じる音。

「……行ったね」

「……行ったな」

「どうせさ、監視カメラとかで見られてるでしょ、このままお話ししよ？」

「そこまでわかってんなら、わかってんだろ、俺がやばいことになってるって」

「具体的には？」

「今日でもう二回襲われてる。半グレ。マジのやくざ。そいつらを動かしてんのは、おそらくブラック大企業。みんなお前が今持ってるおもいでのアルバムに血まなこだ。厄介だぞ」

「ボクが力になるよ、森くんの」

「お前が厄介なんだ」

「森くん、いつもひとりだよね、学校では」

「お前とご同様にな」

「だったら、ひとり同士、今夜くらいは一緒にいよう？　楽しいデートをしよう？」

「……覚悟はできてるんだな」

「頑固な頭の柔らかい人って、大好き」

「自分の身は自分で守れよ。俺はそこまで経験値が高いわけじゃない」

「心配してくれるだけで、うれしい」

有瀬は俺から身を離す。その手からスイッチを奪おうとして、あまりにも自然にかわされる。

「あ、これも面白そうだから、貸しててね」

澁澤龍彦『妖人奇人館』と俺の商品を、やつは無造作に、肩掛けカバンに投げ込む。

そのままスキップで数歩進んでから、立ち止まってる俺を振り返り、

「いっしょに行こう、楽しいデートにしてね、嵐くん」

駆け寄ってきてしっかり腕を組んだ。俺はため息をついて、有瀬の低い体温を感じつつ、寄り添って歩き出した。

誘蛾灯がまた、バチッと爆ぜる。


俺の右腕に絡みついてるのは包容力というより弾力だ。固い固いキャンディートイのような反発力。そいつを放つ美少女——少女？——はネズミに満ち足りた仔猫にも似て微笑してる。俺につかまりながら。

自動ドアの手前に立った瞬間、こいつは俺を捕まえているんだ、と思う。

こ、い、つ、が、や、ば、い、奴、ら、の、下、請、け、で、は、な、い、と、ど、こ、に、保、証、書、が、あ、る？

しかしドアが開き切る前に、俺はその妄想を捨てる。妄想だと思いたかっただけかもしれない。

俺は有瀬を信じたかったのではなく――信じることは俺の一番嫌いなことだ――こいつは俺とおんなじ風景を見てるって気がしたのだ、おそらく。

一刹那の逡巡を吹き飛ばす、光と音の洪水。

――そんな大層なもんじゃない。九十年代のトランス・ミュージック。

妙に高い天井と、やけに広いホール。今どき白熱電灯にくっきり照らされて、そこら中にこびりついた埃が、すでにこの季節から盛大に噴出されてる空調に、吹き飛ばされまいと力んでる。はるか遠くで、三台のプリクラマシンの側面に、それぞれ微妙な差異で唇を突き出したギャルの巨大な写真。そこを母艦とするようにスロットの群れが派生し、空間のなかばからビデオゲームの筐体がだらしなく並んでる。

視認できる人間の数はごくわずかだ――プリクラマシンの白ギャルに見惚れてる限界以上に腹の突き出たクールビズの卵頭、機械を挟んで対戦してるスーツの女とスーツの男、申し訳なさそうにテトリス落としてるミリタリールックのナード《オタ》。もう一人、カウンターで不機嫌そうにデイリースポーツ読んでる――いつもピンクのシャツと額から下におろしたことがない黒縁眼鏡の――管理人の爺さん。あとは、その爺さんに軽く会釈する学ランの俺と、セーラー服の汎有瀬の二人。確認できる限りのサピエンス。

やばい。疑いなくやばい。なんてこった、ハーブ同好会がいない。そのうえ。

「さっきの、てかてか、いないな」

「プリクラ撮ってんじゃない？」

「ここを新たな根城にします、って記念にか」

「わからないよー。運命の恋人とめぐり逢えました、っていう記念かも」

ほんとに楽しそうにお喋りするな、こいつ。

「その恋人は身長二メートル三四センチ、体重二八六キログラムで、青竜刀持ってんだろうな、おそらく」

「嵐くんにはボクがいるよ」

「何センチ何キロだ」

「百四八センチ、四四キロ。……セクハラだよ？　気をつけてね」

「肝に銘じた。覚悟もできた。あきらめもした」

「若いのに淡白」

「あと……お前を頼りにしてる」

「そういう依存関係ってよくないって、こないだ保健の授業で言ってなかったっけ？」

「そんな昔のことは忘れたよ」

俺が腕を動かすのに先んじて、ごく自然に有瀬が離れた。俺たちはゆっくりと前に進む。少しずつ、分岐する。

有瀬は対戦格ゲーをしている女――三十代にしがみついてる、染めた長い黒髪の、細身のシャネルのグレイスーツ――のほうに向かって。

俺は彼女と筐体をはさんでモニタにしがみついてる男――年齢にしがみつくのはあきらめて、髪は後退にまかせてるけど、しっかりオールバックで固めてる、茶色いラルフローレンの上下がぶかぶかの、フチなし眼鏡——に向かって。

男の背後に立つ。それも気づかない（あるいはそのフリ）で、男はジョイスティックを不器用に動かしてる。

ステロイド中毒者めくマッチョマンと、露出狂のロリータが飛び回ってる。ロリータが強烈な一撃をくらい、廃墟に崩れ落ちる。「YOU LOST」の表示。男がロリータで、女がマッチョマンだった、珍しくもない光景。画面が暗転して、男のやせこけた顔と俺の上半身がぼんやり写る。それでも、男は俺に気づかない（あるいはそのフリ……）で、コインを投入する。

「ぶしつけながら」

俺は彼に言った。

「キャラを変えたほうがいいと思いますがね」

キャラクター選択画面で、男の操作が一瞬止まる。それでも男は、やっぱりさっきのロリータを選ぶ。

「再度ぶしつけながら」

俺のほうを、男は振り向こうともしない。

「あなた、このキャラの特性を理解していない。戦い方が、まったくノープランですよ。あなたの人性《キャラクター》かもしれませんがね」

ロリータはやたら飛び回って、ときおり遠隔技を思い出したように放ち——作戦《プラン》以前、スティックの使い方がなっちゃいない――筋肉男につかまって、投げ技をくらい、1ラウンド、ロスト。

「君に何がわかる」

　はじめて男が口をきいた。わずかばかりのインターバル。ロリータとマッチョマンはもう対峙してポリゴンの皮膚を揺らしてる。

「君に何がわかる――わからないのか。わからないことをわからないのが、子供って言うんだ、君」

「さて、ね。あなたから商売上の信頼を勝ち取るのが難しそうだ、と言うことくらいは」

　画面のロリータにわずかなブレ――プレイヤーはずっとブレてるんだが。

「商売？　何の話をしている？　バイトのことか？　あした会社に電話してくれ。すまないが、今はプライベートだ」

「なおさら、少しここを離れたほうがいい」

　マッチョマンの間合いで、容赦なく打撃をくらってるロリータに顔を近づけ、俺は小声で言った。

「いまお相手してる女性は？」

「女房だ」

　マッチョマンから、特大の光球。

「失礼。パートナーだ。私について、ある程度は知っている。信用できる。心配ない」

「ご安心を。俺もある程度すら知っちゃいません。知るつもりもないです」

「なら早い。わけのわからない話をやめて、お家へ帰ってくれ」

　ロリータが倒れる。〈あなたは負けました《YOU LOST》〉。

「そうしたいところなんですがね」

女の背後で、有瀬がピースサインをする。畜生。

「ちょっと現在、荷物は安全な場所に保管してあります」

「なんだって？　荷物だって？　いま、ここにない物の話をしているのか？」

「いま、ここが危険すぎるんです。――気づいてないんですか……」

さりげなく頭を回せば、卵頭が、ギャルから視線をこちらに転じてる。

「なにに？　なにを言っている？」

「踏み込むつもりはありませんが――」

「ねえ」

有瀬が、憧れのR&Bディーバに会ったみたいな口調で口をはさむ。

「お姉さんとお兄さん、〈藤井聡太の流し目やばい〉さんと、〈Martial Solal〉さんじゃないの？」

「何だそれ」

「スマホ出して」

「持ってない」

「ほんとうに？」

有瀬はカバンから――大切なものが入ってるカバンから――Androidを取り出してタップする。

「ほら」

手渡しされたスマホに、SNS――「ウィスパー」のプロフィール画面。〈Martial Solal〉のユーザー名に、アルマーニがやはりダブダブの男の自撮り。覗き込むまでもなく、こっちの世界の男より髪が少しだけ多い。　自己紹介、〈偉大なる二つのGに――Godard あるいは Giant BABA の魂に触れんことを――〉

「おともだち見てみて」

スワイプすると、女の顔写真。俺は少し首を突っ込む。いまそこにいる1Pの女より若く、眼と皮膚を加工してある、それだけの違い。――〈藤井聡太の流し目やばい〉さん。自己紹介には〈SE。ルール知らない将棋腐。二次から二次へ旅しています。子供には内緒の国の住民。でもエルザ・スキャパレリの信者。無言フォロー失礼っす〉。

ゲームは終わっている。（新たなプレイの準備）。夫婦は――パートナーズと呼ぶべきなのだろうか？――顔も合わせず、無言でいる。女の表情筋には疲労とだれかれかまわず放つ敵意が浅く浮かんでる。男には――おそらく、あきらめ。

「これがどうしたって？」

「読んでごらんよ」

〈Martial Solal〉さんの最近の投稿――。

あえて公開する。

私のもとに、今晩、荷物が届くことになっている。重たい荷物だ。私は狂ってしまうのかもしれない。パートナーは巻き込まないつもりだ。パートナーにはパートナーの人格がある。私一人がこの責めを甘受しよう。私が帰って来られない時のために、あえて公開する。

世界は滅びるかもしれない。

私は狂っているのかもしれない。

〈藤井聡太の流し目やばい〉さんの返信――。

わたしもゆく。

投稿時刻、十六時三十二分。返信時刻、十六時五十八分。

俺の団地に、ニンテンドーと「茶壺。十八時。セレブの惨めな男へ」の走り書きと二万円が投げ込まれたあたりの時間帯。

「最高にご機嫌じゃないですか」

俺は有瀬にAndroidを返す――有瀬が、ごくわずかな目配せ。

「さっきも言った通り、踏み込むつもりはありませんがね――。訊きたいきもちはありますよ、〈あんたらは何をやってるんだ〉ってね。けどそれはしない。俺はあんたらの安全は確保する――受取人の安全を確保する――、バイト気分でやってんじゃない、俺の仕事ですもんで」

「大丈夫。ボクがお姉さんとお兄さんを助けるよ」。有瀬はAndroidをカバンにしまって、うなずく。

「わが忠実なる部下の手によって」

「姫。光栄、身に余ります」

俺は振り向きざま、自分のカバンをぶん、と投げつけた。

遠心力も烈しく、飛びかかろうとしてた卵頭の顔面を直撃。

サスペンダーと半袖Yシャツのクールビズ力士に、本能的な怯み。

俺は卵頭の肥満した右腕を掴み——なんてこった、筋肉だ、こいつの太さ——背後にまわり、テコの原理でV1アームロックを極める。げふっ、と濁った苦痛の声。腐った玉ねぎの臭い。

ぱちぱちぱち、と有瀬が拍手してくれやがる。

「すごいねー。嵐くん。なんかやってたの？　プロレス同好会？」

「同好って言葉が嫌いでな。柔道だ」

「気が合いますな」

卵頭がぜいぜい言った。

「わたくしも、学生時代は柔道に青春を懸けていたものですよ」

「それはお生憎だったな。柔道はもっと嫌いだった」

「ますます気が合いますな。格闘技は危険だ」

「ああ。こんな風にな」

俺はねじり上げた腕をさらに絞る。卵頭がひっ、とまたわざとらしい悲鳴を立てる。

「職業上、知っておきたい。誰がてめえらを動かしてる？」

「知ってから後悔することもありますよ」

「折れてから後悔する関節もあるがな」

素早く、ぎりぎりのところまで腕をひねる。卵頭の「ふはははは」と言う笑い声。間違いなく、心からの悲鳴だ。

「知らないんです。知らないんです。あなただってそうでしょう？　依頼があった。顧客は匿名。報酬は五千円。それだけで充分でしょう？　仕事にかかるには？」

「仕事の内容を伺いたい」

「運び屋のクソ餓鬼をぐっちゃぐっちゃに潰してやりやがれ、と」

「立派なビジネスマンだ、あんた」

俺は膝蹴りを卵頭の腹部に——ぶよっとした塊——に叩き込む。「ふうー」と呼吸を漏らして、卵頭の巨体が崩れ落ちてゆく。俺が身をよけると、リノリウムに倒れ込む音。

「あんたの仕事、俺が引き継ぐよ」

卵頭の膝裏を踏んでみた。ぴくりともしない。「それにしても、五千円か——。お高くついたことで」

「嵐くん、そんなに自分を安売りすることないよ」

「俺なんか三三〇円で充分だ。税込みでな」

「自信、持ってよ、もっと」

「信じることは嫌いだ」

有瀬が、すこし悲しげな表情になったのは、俺の勘違いだったのだろうか？　もうわからない。

「君、その、あらし君と言うのか、嵐君」

〈Martial Solal〉らしき氏がおずおずと言った。

「こういう——何て言うかわからないのだが——この手のことに慣れているのか、君は……」

「この二時間弱で、随分と成長させられましたがね。家を出てから、こうやって襲われるのは三回目だ」

有瀬が、さっとまばたきする。「そして」

俺はしゃがんで、後ろからの旋風脚をかわす。

かがんだ反動から、前回り受け身して、体を向ける、そこへナードが細長い脚で、息つく間もなく蹴りを放ってくる。

「これで四回目だ」

右側頭部——ガードした腕に熱い痺れ。マジで待っちゃくれない。左。顔面をえぐる。脳が揺れる。かろうじて俺はダッキングする。右脚にロー。左腹にミドル。俺はいいようにボコられる。

奴はナード《オタ》だ——ただし実戦的な。ポルトガル陸軍の迷彩ジャケットにドイツ軍アーミーパンツ合わせて、NERVロゴTシャツをタックインしてる。だらしない長髪、牛乳瓶メガネの底に、爬虫類の眼。

「カポエイラかよ」

格闘ナードはおそらく冷笑、薄く唇を歪める。打撃格闘技。俺の基本は組み技。相手に接近しなきゃ勝機はない。

「話し合わないか」

俺の腹に、また強烈な一撃。

「いくらで雇われた。それ以上払う」

情の薄い唇がさらにたのしそうに歪む。「百八円だ」

ナードがステップする。とどめに備えて。「雇い主さんのとこは、税率が上がってないらしいぜ」

「それは、嵐くんが生活必需品だからだよ！」

有瀬！　こんなとこに来るな！

だが有瀬のか細い腕は、ナードの左腕をしっかりと絡めとってる。立ちV1の理想型。ナードの悲痛な叫び。

「『君たちの警察が柔道を採用すれば、これがウデヒシギという技だとわかるはずだが！』」

「それ、腕ひしぎじゃないぞ。強いて言うなら腕がらみだ」

「え、そうなの？　何か違うの？」

俺は唇の流血をぬぐう。「どこで覚えた？　上手いな」

「どこで、って、さっき、嵐くんがしてたのを見たから！」

「百点をやる。いい弟子を持った」

「せんせー、こうやると折れたりするの？」

有瀬がナードの腕をねじる。甲高い細い悲鳴。さっきの卵頭よりは根性がないようだ。

「なるほど。ほんとに痛いんだね。きかせてほしいな。誰に頼まれて嵐くんを狙ったの？」

さらなる悲鳴。

「やめとけ、有瀬。どうせそいつも何にも知らない――そのまま抑えとけよ」

俺は近づいて、ちょっぴり迷って、腹にパンチ。ナードがくねって、有瀬が腕を離すと、薄汚れた――控えめな表現――床にずり落ちる。

俺はため息をついて、失神したふたりの格闘家くずれの体をよけ、カバンを拾う。

「顔面、殴るかと思った」

「悩んだがな」

「優しいんだね」

「復讐なんて、仕事には必要ないからな。第一、嫌いだ」

「嵐くんは、嫌いなものばっかりだね。――信じることも嫌いだっけ？」

「ああ」

「ボクを信じてくれてるのに？」

「信じてる？」

俺は肩をすくめた。

「生活必需品にすぎない俺が、お前を信じてる？」

「だって、ボクがこんな格好してても、何も言わなかったでしょ。おかしい、とか。変、とか、何で？　とか」

「忘れてたよ」

　お前があんまり綺麗だったから、とは言ってやるわけがない。

「――おかしい、とも、変、とも思わないが、何でだ？」

「ボクちっちゃいからね。男子の姿でいると目立つんだ。そしたら、仕事に差し障っちゃうもの」

「仕事？」

　その時、呼吸を忘れていた金魚のように――じじつ鰓呼吸だったのかもしれない――女が叫んだ。

「野蛮人。ひどい。残酷なことをして。これだから男は――」

「――よさないか、佐美子さん。この子らは僕たちを――」

「あんたは黙っててよ、意気地なし。牧人のくせに。ションベン垂らしてただけのくせに」

　夫を――おっと、パートナーを――牧人を――制圧し、佐美子は立ち上がると、

「警察を呼ぶ」

　と言った。

「それはですね。マダム」

「おぞけがする、その呼び方」

「マドモワゼル？」

「馬鹿にしてる？」

「大丈夫だよ」

俺と佐美子の間に入って、有瀬は歌うように、

「大丈夫。大丈夫だよ。お姉さんもお兄さんも、ボクが守るから。それがボクの仕事。あ」

と、筐体前に座り、

「嵐くんもだよ」

と言って、でたらめに、しかし限りなく統制のとれたリズムでスティックとボタンを弄りはじめた。

「ありがたいことで、姫」

「嵐くん」

「ん?」

首を傾けて、俺と見つめあう。青みがかった瞳が揺れる。唇が、瞬間、噛みしめられる。

「ボクを信じるのも嫌い?」

「ああ――」

「ボクを信じてくれないだろうか。ボクを、信じてほしい」

細い眉がマジだ。

「ああ……」

俺はどうすればよかったのだろう? 俺が坊やだからわからないのか? そうじゃない気がするけど、じゃあこの感情は何なんだ?

トランス・ミュージック。

退屈な無言。

有瀬は微笑に戻って――どこか寂しげに見えた――ほんとに寂しかったのか――自分で制御できない電子画面を見つめて、パリス・ヒルトンの鼻唄うたって、やがて、

「百円持ってない？」

「友情に銭金は絡ませたくない」

「ちぇっ」

有瀬は拗ねたように、自分のカバンに手を入れる。

「……なあ」と俺が言いかけた時、

「信じてあげたらどうかね、少年よ」

どす低い声がした。

来るとは思っていた――ただ、なんの対策もしていなかっただけだ、意味ねぇよ、坊や――、プリクラマシンを背景に、ゆっくりと近づいてくる、非ホームレス風ホームレス風てかてか背広男。

こうしててかてかの背広、年齢不詳、硬化した七三分け、妙に赤白い彫りの深い顔相、右手に構えたイエロープラスチックの玩具に見える本物のコルト・ガバメントの複製――3Dプリンタ製の拳銃――を見てると、奴がほんとになんなのかわからなくなる。

「恋人とめぐり逢えなかったようで、ほっとしてる」

その俺の言葉をてかてかは無視した。

「信じるということは、もっとも崇高な感情だよ、少年よ」

「感情論は嫌いでね」

「ロボットになりたいか？　いやロボットに感情が宿るべくもない、などと二十一世紀の子供が思うわけはあるまいね、少年よ。冷酷になれるのは、人間のみだ。そしてわたしは」

銃口は、まっすぐ有瀬を向いている。

「ただの、純粋な人間だ」

「おい。狙うなら俺を狙えよ……」

「きみは自分が撃たれてもこちらに向かってくるだろう？　そういう少年だろう？　きみの彼女を狙うのがいちばん――そうだな、効率的なのだよ」

「彼女じゃない」

本当か？　と誰かが俺の中で問う。

「ただ……こいつを撃つのには賛成しかねる」

「頭の柔らかい若者は貴重だ」

「こんなうれしくない褒め言葉でも、俺は人に褒められた経験がなくてさ、涙が出る」

「カバンをあけて、こちらに滑らせたまえ」

投げつけるか、と考えて、てかてか男の手つきを見て、俺は言うとおりにする。重たい肩掛けカバンが奴の足元に御到着――。てかてかは屈み、中を検分する。その間も片方の視線と銃口が有瀬をぴったり外れない。

「教科書もノートも入っていないじゃないか。不良なのかね？」

「ただの学生の見かけしたかったただけだからな、小道具として」

「重りはこの一冊か。『千のプラトー』。ハードカバー、六百六十ページ。これで殴られた彼には心から同情するよ――読んでるのかね？」

「一年前に読んだ。そして教員からあしらわれた。『中学生にドゥルーズ＝ガタリは読めない』ってな。『読めるはずがない』じゃない。『読めない』んだとさ」

「わたしの幼少時代を思い出すよ。セネカだったがね」

「仲良くなりたいもんだな」

てかてかは俺と有瀬を凝視したまま、『千のプラトー』をめくってゆく。

「オールライト。ポケットをすべて引き出したまえ」

「そんなことさせるより、あんたが自分の手触りで確かめたほうがいいんじゃないかな」

「そして君のジュードーに捕まるのかね？　見え見えだよ、少年よ」

俺はため息をついて、そうした。

「スマートフォンは？　スマートフォンはどこに持っているのかね？」

「スマホは人類の知能を損いますからね」

「がらけーも持っていないのかね？　本当に二十一世紀生まれかね？」

「花のサンパチ世代って可能性もあってね、四月二日生まれ、ってことだけは確からしいが」

「電子記録媒体を何も持っていないのか？　腕時計もアナログだな？　それで運び屋が務まるというのかね？」

「ネットにつながってないほうが、保安がよくてね、商売上。ていうか、ネットで運べないものがあるから、こちらの商売の需要もあるんですよ。どうだい、今なら初回お試し期間もあるぜ……」

「もう一度冗談を言ったら、あるいは十秒以内に荷物を引き渡さなかったら、君の彼女を撃つ」

「彼女じゃない」

　ほんとうに？

「うん。彼女じゃないし、ボクを狙う必要はないよ」

　有瀬が弾んだ声で、椅子の上から飛び上がる。

「動かないほうがいいのだがね、乙女よ」

「ボクらの利害は一致してると思うんだけどな」

「どういうことだね？」

　てかてかの語調はしかし、いささかも困惑してない。

「あなたは、荷物がほしいんでしょう？　ボクが売ってあげてもいいんだよ？」

「ほう」

　奴は有瀬を見て、俺を長いこと見て――俺は、「畜生」と言った――銃口を俺に向けた。

「撃たないであげてね。けっこうイケメンだと思ったこともあったから。とんだ意気地なしだったけど」

　有瀬はにっこり笑い、俺を軽くハグして――シトラスミント、と俺は思った――、

「じゃあね。忘れないでね。森くん」

なにをだ？

「行こう」

と有瀬は背を向けて、てかてかに近寄ってゆく。

「待てよ。答えてくれないか？」

「彼女にかね？　それとも、わたしに用かね？」

「質問に質問で返すなよ。あんた、家は持ってるのかい……」

その質問に返した質問に質問は返ってこなかった。代わりに、てかてかは俺の腹部に発砲した。

ブラック・アウト。

音割れした音が「ーんしーん、たいがー」とか「ーれーふれーっ」とか焦されたように合唱してる。「六甲おろし」、原題、「大阪タイガースの歌」。およそ葬儀には相応しくない曲だ。この者は生涯をタイガースに捧げました、アーメン。

「二十一イニングぶりに一点取ったで」

俺の目が開く。

管理人の爺さんが、珍奇にもカウンターから出てきて俺を覗き込んでる。管理人席のラジオはひどい音で甲子園球場の狂乱を伝えてる。

「言うたやろ。上本、奴はまだまだ首位打者を取れる器やで」

「神式の葬式、ってギャグじゃないだろうな、おっちゃん」

「そな簡単に死ねへん。硬ゴム弾や」

「おそらくな」

　これ見よがしにばら撒かれた、薬莢がついたまんまの、先が丸い弾丸。勝利者宣言か、何かのおまじないか？　俺は身を起こす。腹部にすさまじい痛覚。流血はしてないがどす黒いアザが刻まれてるだろう。けどおそらく内臓壊れきっちゃいない。けど痛い。痛い。痛い。痛いのは腹だけか、坊や？

「人殺しは、リスク高いさかいな」

「おっちゃんもローリスクを選ぶほうかい……」

「盗塁やバントで点は取れん。打《ヒット》たな。統計学や」

「で、俺は打《ヒット》たれた、と。小説に銃が出てきたら、それは必ず発射されなければならない、か——。孫引きだが」

「春樹か。あないな神戸出のくせにヤクルトファン面で澄ましとるやつ、ええかっこしいのアホや」

「タイガースは大阪なんだろ？」

「勘違いせんどいてくれんか。阪神は兵庫県の球団。甲子園は兵庫県の球場や。大阪のチームはバファローズだけや」

「錯綜してんだな」

　鋭く重い熱を持った体を引きずり起こす。セレブ夫妻も卵頭もナードもいない。てかてか男も。

　有瀬も。

　有瀬。

「ええ子やったなあ――」

「ああ」

「ポケット、よう気づかへんか……」

俺は学ランのポケットに右手を突っ込む。ふたつの固形物の感触。引き出してみる。ひとつは手のひらに少しあまるサイズの見たこともない機械。もうひとつはそれと同じくらいのサイズ、見慣れた機械。ニンテンドースイッチ。

あの時か。

有瀬が〈お別れのハグ〉をした時。

「おっちゃんっ」

カウンターに戻りかけていた爺さんを振り向かせる。

「おっちゃんは、どこまで知ってるっ」

「知らんほうがええこともあるで」

「そう言う台詞は聞き飽きてんだよ」

「世の中、そないなことばっかしや」

爺さんは少し左足を引きずって、カウンターの特等席にどっかと腰をおろす。

「坊、わいはな、もう二十年、ここがスーパー酒屋からゲームセンターちゅうもんに鞍がえしてから二十年、この椅子に座っとる。来る日も来る日も、野球中継聞きながらや」

「プロ野球、月曜は移動日だろ」

「ここも定休日や。んでな、知らんでもええこと、仰山知ってもうた。だからもう、動けへん。坊。あんたはまだなんも知らん。そやから、あんたはまだ動ける。それだけや。あの子のあと、死ぬまで追っかけたりい」

「どうやって……」

俺は苦悶しながら、『資本主義と分裂症　千のプラトー』をカバンに戻す。

「坊の持っとる、それはなんや」

「職業上の機密でね、悪い」

「そやない。もいっこのほうや」

どことなく古くて新しい、「懐かしい未来」の厚揚げみたいな黒い板。

正方形のモニタに、コンパクトなキーボードがついてる。

「ブラックベリー・パスポート。カナダの変わりもんスマホや。あの子、とんだお稲荷はんやで――」

キーを押す。あふれる色彩。アイコンが目を覚ます。位置測定のアプリケーション。

「あの子はアンドロ何たらも持っとる。あんたの手にはもいっこスマホがある。おそらくふたあっつ同期されとる。どないする?」

「ああ……おそらく……おそらくな……」

俺は勢いつけて、そうでもないと立ち上がれなかったので、勢いつけてカバンを肩にかけた。全身の悲鳴。まずは自動ドアだ。まずは自動ドアをくぐる。その前に、

「サンクスな、おっちゃん」

「ひとつ教えたるわ。わいの左脚の靭帯切ったの、あのど糞背広やねん……」

「わかった。タイガースに祝福を」

「おまけに教えたるわ。わい、野球嫌いやねん」

俺の前で自動ドアが開いた。

夜が広がってる。

腕時計を見る。午後八時十七分。


ブラックベリー・パスポートの充電は八十七パーセント。画面に傷ひとつなく、アプリケーションの稼働はなめらか——丁寧に、しかしよく使いこまれた機械。ＧＰＳあと数時間は使えるはず。保ってくれるかどうかは俺自身だが、俺はとっくに壊れちまってるのかもしれない。とっくのとっくの昔から。生まれる前から。

俺は妄想を振り払う。このマイナス思考は身体の痛覚のせいだ。腹がぎしんとした痛みに脈打つ。おかげでカポエイラナードにくらった打撲はどっかいっちまった——なんてプラス思考なんだ。体に体を引きずられるように、その根元で有瀬の機械に引きずられるように。

俺は夜の国道をゆく。さっきから位置測定マークは停止してる。ここはねえだろ、と思う場所で停止してる。

画面がスリープする即座、ポップが浮かんで消える。

「緑一色さんがぐっどしました：ありせ☆だよー☆」

「ポーカーフェイス@青森さんがぐっどしました：じゅてーむ的なあれ☆」

「『途上』発売中ぽわとりんさんがぐっどしました：みて！　みて！　みて！☆」

スワイプするとさっきのSNS「ウィスパー」――有瀬の少女姿の顔写真のページに、これは――。

「あいつ……」

ため息つく、県条例違反で歩きスマホしてる俺の横を、交通法令遵守のかがやくデコトラが通過する。痛みがヒッチハイクという言葉を惹起させるが、職業意識が思いとどまらせる。歩いてもあと五分だ。願わくば約束の地がこの場所でありませぬよう、主よ（HA！　HA！）。

五分経った。

変人スマホのマークにブレはない――ここだ。

国道沿いの夜にそびえてる、五階建てアピタ。

位置は特定できた。で、このなかからあのお二人さんをどうやって探せ、と。

俺はふたたびため息を――マスキングテープ剥がすみたいに痛みを剥がしつつ――ついて、正面入口をくぐる。

夜九時まであとすこし。高校生がみとがめられず遊べる時間帯ではギリ――もっとも、今の俺の姿が基本まじめな未成年に見えればだが。

外見のことを気にしてもラチがあかない。有瀬ならなんて言うだろうか。

「嵐くん！　そのまんまの嵐くんが素敵だよ！」

とか。

馬鹿じゃねえのか、俺？　少なくともおかしくなってる、俺――振り払え。有瀬の幻像を振り払って、有瀬の実像を追え。

有瀬のことを考えろ。あいつの思考パターン。勘の鋭さ。すばやさ。身長。体重。歩幅。呼吸。鼓動。

有瀬の目で耳で、このデパートを把握しろ――地方都市が絞り出す夜の民の群れ、がなる水木一郎「燃えよドラゴンズ」、資本主義の商品の原色、光きらめくサイン。どこにでもある火曜日の夜。かしましい中年女性――いや、腹の垂れたお姉さん――の三人連れ――緑蔭に三人の老婆わらへりき――が専門店のひとつを出てゆき、

「奇跡かもな……」

俺はうめく。あるはずのないものが見えた。

女性専門フィットネスクラブ。俺がガキ――本格的な鼻垂れガキ――だったころはマックだったのが、逆方向に針が振れた店。

そのピンクの看板に、蝶がとまってる。

紫の蝶。

有瀬の右手にとまってた、タトゥーシール。

それを剥がして、粘着力はずいぶん弱まってたけど、俺の右手に貼ってみた。痛みがかなり、薄らいでくような気がした。

「なんてこった《ジーザス》……」俺は呟いた。「それでも、あんたなんて信じ《ジーザス》ないけどな」

俺は詰襟を確認する――適度に外しておくように。それから埃まみれの布地を払う――学生服、汚れが目立つようにつくられた囚人の服――、あとあざだらけの顔面を曇り窓に写す――間もなく、自動ドアが開いてる。

「こんばんは。いらっしゃいませー」

受付で二十代か三十代かギリギリの体育会系姉さん――ポニーテール、ポロシャツからのぞく筋肉質の腕――がじつに職業的な笑顔で出迎えてくれる。スマイル0円の相場は変わらなかったらしい。

「お客様、生憎とこちらは女性の方のみのご利用となっておりまして――」

店頭カメラで不審な男子高校生は視認済み、と聞こえるなめらかな滑舌。

「ああ……すみません。僕も動転してしまって。なんと言うか、その――恥ずかしいことなんですが、彼女に殴られたことなんて、初めてで――」

俺はわずかに焦点をずらせて、しかしまともに受付の眼を見る。顔のアザがどう映るか、年下を好むかどうか、ささやかな賭け。

「強いですね、女性は」

受付の笑顔の固形が崩れない。

「あなたも強そうに見えるけど」

「『地上最強の人類は、地上最強の男のパートナーさんだ』。言い古された諺ですけれど――ヒクソン・グレイシー然り」

「あら」

笑顔の缶詰はまだ開かないけど、ちびっと女性の顔に人間的なものが浮かぶ。

「あなたの歳で、ヒクソン知ってるの？――何かやってるの？」

「まさか」

俺は静かにほほ笑む。

「『だからクロン・グレイシーが出てきたんだ。代わりにパートナーさんは引退したけど』ってオチを小耳にはさんだだけですよ。それにこんななりしてますけど、僕、まるで弱っちいですよ。そのうえ、彼女に反撃はできない。防戦一方」

「どうして？」

「それは、彼女が彼女だからですよ。――まして、初めて好きになった彼女なんですから。初めてのことばかり」

くっくっ、と受付が、ひとりの人間が笑い声を漏らす。

「あらでも、あるかしら。あなたがあの子の――あら、もうあの子だって共通認識ができてるわね――ストーカーではなく、ステディだって証拠が？」

俺はブラックベリーを開き、「ウィスパー」につなぎ、有瀬のマイページを見せる。有瀬のアイコン――「ありせ☆」さんだと――の直下、固定された画像。教室の窓際、俺の横顔に、「たいせつなひと☆」とキャプション。

お姉さんがひゅー、と口笛を吹く。

「可能性はありますよ。このページ自体、僕の自演だって可能性も。でしたら叔父に確認とってもらって結構です」

「おじさん？」

「僕の母の弟で――似てるってみんな言うんだけど、僕はそう思わないんだけど――とりなしてくれて、今彼女に付き添ってるはずなんですが――」

「オーケー」

ポニーテールが揺れて、お姉さんの目尻にシワが波打ってる。

「あなたは信じられそうな子だわ。それだけでいいの。あなたも彼女が大切なのね……」

「ただその、お姉さんだけはわかってくれるだろうけど――その、彼女に、いきなりは会いにくい。『これからスタバ行かないか？』ってのは、正面切って、言い出しにくい。こんな時間に、僕ら、未成年ですし」

「ここのホテーフーヅじゃ駄目かしら？　あらもう、オーダーストップね」

くっくっくっ、と笑う。これがこの人の心からの笑声だとわかる笑いかた。

「オーケー。ハイビスカス・ルームよ。この左手の奥から二番目の個室。あら、いちばん奥のココナッツ・ルーム、たったいま団体のお客さんが帰ったとこね。まだ掃除も済んでないわ――これはひとりごと。気にしないでね。私は若者って好きよ。それだけ」

「ありがとうございます。――その、うまく言えないけど、お姉さんに祝福を――」

「変わってるわね」

「このスマホですか」

「あなたも。スマホも」

彼女はくるりと背を向けて、言った。「恋人を傷つけちゃダメよ。色男」

俺は一礼して、ココナッツ・ルームに向かう。

店内はマクドナルドの天井のまま、一般用スペースにトレーニング・マシンが並んでる。そこには客がひとり、明らかに摂食障害に痩せた婆さんがベルトコンベアで息も絶え絶えにウォーキングしてる。

その奥に個室——というよりパーテーションで区切ったブース。LEDの青ざめたひかりのもと、ハイビスカス・ルームを通過し、懐かしのてかてかの声がくぐもって漏れてきて——それでも何を発話してるかわからない。

俺は半端は嫌いだ。店内の突き当たり、トイレットの前に〈ココナッツ・ルーム〉のプレート。薄いドアを開ける。

中には三台のマシン——ウオーキング、ウェイト、ストレッチ——、休憩用のチェアとテーブル——さっきまで三婆が運動中のお茶かお茶中の運動してたんだろう、タッパーの大根漬とミスドの袋が放り出されたまんまだ——が、モスグリーンのパーテーションに囲まれてる。天井まで届く壁に耳をあてて、それでも隣のカップルの睦言は機械音がかぶさり、しかと聞こえない。

俺は道すがら弄っていたブラックベリー・パスポートをまた起動する。有瀬のやつ、実に有効なカスタマイズをしてくれてる。何なんだよ、あいつ？
サーモスタッドを入れる。モニタに二つの人体。片方は青く冷たく身動きもせず、もう片方のちっちゃなシルエットは赤く発熱して、小刻みに揺れてる。
俺はもう一つのアプリを走らす。集音をテキスト表示できる優れもの。
――なかなか　持久力があるようだね
――根性があるっていってほしいな
――その精神力にけいいをひょうして　もうすこしペースを上げてみようかね
青い体温の人間が、赤い体温の人間に近づく。伸ばした手の先に、さらに青い物質。俺を撃った熱はもうとっくに冷めてる、銃器。
――どうしてうったの　うたないでっていったのに
――いまでも愛しているのかね
――人のこころにふみこむのはきらいだ　ってあらしくんならいうよね
――時速さんじゅうキロで走れるかね
てかてかが、おそらくウォーキングマシンのペースを上げる。有瀬の体温がさらに上昇する。
――ぼくは　びじねすらいく　な　はなし　が　したい　な
――きみの彼への感情は　仕事へのえいきょうがあまりよくないよ
――愛　とか　ぼく　は　じぶん　から　いうよ　強制　される　こと　じゃ　ない
――ずいぶん　冷静とは違うかんじょうにとらわれているようだね　スポーツはもうすこしきび

しくするかね
てかてかの畜生が、さらにマシンの速度を上げる。
——だから　スポーツにも　おかねが　からむでしょ　その　はなし　が　したい
——言っておくがわたしはきみをビジネスのパートナーとして認められないのだよ　信頼度のけつじょとでも言おうかね
——それは　かなしい　な
——かんけつにきく　荷物はどこにある
——なんで　うった　の
——質問に質問をかえすこどもたちだね　恋人どうし
——こい　びと　を　ぼく　は　うるんだよ
——信頼できるかね　荷物はどこにある　いいたまえ
——だから　あなた　の　おねだん　しだい
——理解はしているのだろう　わたしは　取引ではない　めいじているのだよ　荷物を出したまえ
——ほんとに　信頼　されて　ないんだね
てかてかのいじくるウォーキング、いやランニング・マシン。ぶおーって音が俺の鼓膜にまで響く。有瀬の真っ赤な体温表示。
「畜生」と俺は小さく吐き出した。
——君はわたしを信頼しているのかね　していないだろうね　おそらく

――あらし　くん　は　信じる　のが　きらい　だって　ぼくは　そう　思わないけど
――愛しているようだね　彼は　ここまで追いかけてくるくらいだからね
――うさぎパスタ
――なに
有瀬がジャンプする。そのままこっちに飛んできて、体重四四キロを乗せたドロップキック――パーテーションが倒れて、俺を覆いかぶさってめりっと裂け、倒れた壁に立ちつくす俺――二十一世紀フォックス社製バスター・キートン。
濡れた白Tシャツにスパッツの有瀬が、俺の手を掴む。
「待ってた！」
俺たちは瞬間、てかてかに背をむけて、フェイント、また振り向き、コピー拳銃構えた奴に俺のカバンを投げつける。顔面に命中。よろけろ！　そのまま俺たちはてかてかに向かって走り出し、有瀬は自分のパンパンになってるカバンを拾うと、止まらず崩壊したブースを飛び出る。
横目で見る、婆さんは自己への配慮を中断――願わくは良いショック療法になりますよう――、カウンターで姉さんが立ち上がって目を丸くしてる。
「あなたたち――」
「復縁しました。感謝する。姉さんに祝福を」
自動ドアが開く長い長い刹那。俺と有瀬は手をつないでる。
光の洪水と人の波が押し寄せる。ぐいと手を引っ張った俺へ、

「走っちゃダメ。普通に歩くの。あいつ、人の中で撃てないから」

有瀬は言って、俺にしがみつき——汗で濡れてる熱い体——、どういうカップルに見えるか案じる俺にしがみつき——平然と歩いてく。

正面玄関を出ると、

「こっち！」

有瀬はまた走りだす。なんて速さだ。セルフ証明写真撮影機に、俺を押し込めるように駆け込む。

「早く、ぱっつん返して」

俺たちはほぼ抱き合うかたちになってる——俺の膝の上に有瀬のしなやかな体、有瀬の甘酸っぱい匂い、有瀬の火傷しそうな体温——そしてさすがに荒い息つぎ。

「早く、何してるの、嵐くん！」

「お、おお。……ぱっつん？」

「ブラックベリー・パスポートだからぱっつん。わかったから来てくれたんだよね？」

俺は片手の変わり者スマホを有瀬に渡した。有瀬は素早くキータッチ。指がバレエのように跳ねる。きゅっとした有瀬の青い瞳に、モニタの光が反射する。俺はぼんやり、『千のプラトー』がブックオフに出ていたか、学校指定カバンはどのつてで安く購えるか、高くついた経費のことを考えようとしてた。

「ぱっつん。起きて。喋ってもいい」

「おはよう御座います。お嬢様。〈ゲートルのボタン一つ不足はない〉姿勢に御座います」

ＡＩが落ち着いた老執事の声で言う。

「ぱっつん。アピタ荒沼市支店。ボクと森くんを透明人間に」

「〈ご復活の主日か、それとも三位一体の祝日かに〉御座います、お嬢様」

ぱっつんは数秒して、「〈プロクルーステスのベッド〉整って御座います、お嬢様」と言った。

「おい、何したんだ」

「ここの監視システム、ハックしたの。ボクと嵐くんの姿、カメラに映っても、表示されない。画面には背景だけ。かなり画像は乱れるかもだけど」

「この店でまたお買い物か。俺は金がない。眺めるだけだぞ」

「地方高校生のデートっぽいでしょ？」

有瀬は俺の膝上で身をのばし、そっと幕をのぞく。

「さっきのてかてかさん、今は大丈夫みたい。行こう」

俺から降りて、幕を開ける。俺はなぜか虚脱――そう、虚脱だ――してる。いっそう際立つ、シトラスミント。

「……〈ただ匂と味だけは、かよわくはあるが、もっと根強く、もっと形なく、もっと消えずに、もっと忠実に、魂のように、ずっと長いあいだ残っていて、他のすべてのものの廃墟の上に、思いうかべ、待ちうけ、希望し、匂と味のほとんど感知されないほどのわずかなしずくの上に、たわむことなくささえるのだ、回想の巨大な建築を〉」

「誰のセリフ？」

「蓄膿症が治ったカレー屋の二代目の述懐だろうな、おそらく」

肩をすくめ、撮影機から出た俺に、有瀬はまたしがみついてくる。俺はため息をついて、南入口からアピタに再入店した。

光と音と、人の群れ。

ひとりひとりの世界を持った、ひとりひとりの群れ。

世界の終わり――不意にそんなフレーズが浮かんできた。

「しかし、お前」

俺は有瀬をきちんと見ていいものかどうかわからない。

「その格好でも、お嬢様にしか見えないな」

白Tシャツに汗の滲み――体の線が透ける。それでも、こいつは少女にしか見えない。いや、少女以上の、俺なんかが口に出しちゃいけない存在。

「誰も見てないよ」

人の群れ。みんな自分が自分であることに必死だ。

「かもしれないが――お前は、そう――目立つ」

「なんで?」

俺は答えなかった。可愛いから、綺麗だから、そんな言葉は壊れ物だ、おそらく。俺は壊したくないんだ、おそらく。

俺の無言をどう取ったかわからない。

ぱっつんが言う。

「〈ルクルスがルクルスの家で食事しているだけ〉に御座います。お嬢様」

「何だって?」

「言ったでしょ、監視カメラにはボクら映らない。ボクら、透明人間」

と有瀬は言った。

「つまりだ、このアピタは貸し切りってわけか。ぼくはこの世界の王様だ、ばんざい。ってやつだな」

「王女様と王子様って言おうよ。――でもそう、世界はふたりのためにある」

「俺は実に幸せものだ、全く泣けてくる」

「ボクの胸で泣くかい?」

「俺が坊やでなくなってからな――そんな遠い未来じゃない」

「いいんだよ、無理しなくたって。Tシャツ、どうせびちゃびちゃだし――ああ、着替えたいな」

俺たちはエスカレーターに乗る。右側は空けて、有瀬は一段上に、それでも手を離さずに。

三階の婦人服売場を迷いなく有瀬は進んでゆく。俺は従う。姫。

姫は優雅に服をセレクトして、「はい、これ。これも」としもべ二号たる俺――どうやら一号はぱっつんらしいので――に持たせやがる。ぱっつんにはできない仕事。適材適所。

有瀬は試着室の前で俺から服の束を受け取ると、

「覗いてもいいんだよ。嵐くんの美学にさえ反しなければ」

「美学を持たないのが俺の美学でね——醜いことはあんまり——かなり、したくないが」

「そういうとこ、好き」

ぱあっと笑って、カーテンが閉まる。

「そういう言葉、気軽に言うなよ……」

俺は腹に手をやる。不思議だ。あの痛みはなくなっちゃいないけど、ずっとやわらいでる。姫様の魔法か？　畜生、坊や、お前はなにがしたいんだ？

「じゃーん」

カーテンが開く。

麦わら帽子に純白の、ノースリーヴワンピース。ウェストのリボンがレモンイエローで、帽子のリボンと対応してる。

「どうかな」

「どう、ってな……」

くるりと反転。狭い試着室に幅広のスカートが花咲く。麦わらに両手を当てれば、つややかな無毛の腋がかがやく。俺は無言。

有瀬は鏡の中で、笑う。

「気に入った？　次はもっと気に入ってくれるといいな」

カーテンが閉まる。

カーテンが開く。

髪をフェイクロープのヘアバンドでサイドポニーテールに留め、黒いタンクトップに、ギンガムチェックシャツの裾をウエストで縛って薄い腹筋を見せ、ダメージデニムのショートパンツ。

しなやかにのびた、少年のような——あえて少年のような、と俺は言う——脚の白さ。俺の目に焼きつく、二本の鮮烈。

「あはは、やだなあ、嵐くんのそんな腑抜けた顔、はじめて見た」

「死相だ。こんな死に方は嫌いだ。俺はもう少し苦いのたれ死に方をしたい」

「じゃあ、こんなのどう?」

「おい、もう勘弁してくれ……」

カーテンが閉まる。

カーテンが開く。

美少年がいた。オリーブのMA—1にモスグリーンのストライプカットソー、カーキのカーゴパンツはロールアップして、右の素足に銀のアンクレット。髪は軽く分け目をつけてある。少年そのものが、そこにいた。

「驚いたな……。男に見える」

「男だもん」

「いやまあそうなんだが……韓流グループとかに普通にいそうだな」

「褒め言葉と受け取っておくぜ、相棒」

「お前とコンビ結成した覚えはない——にしても、どうやってんだ、ただ服変えただけじゃなさそうだな？」

「キャラを変えるんだよ。嵐くん言ってたよね、自分がなりたい、と思ったキャラクターの特性を理解して、どうやったら一番合う身ぶりができるか作戦するの」

「俺が言ったのは、そういう意味じゃなくてな……いや、そういう意味だったかもしれん、テクスト解釈は自由だ」

「具体的には、立ち方とか、表情の作り方とか。結構、うまく騙せるもんだよ」

「おい」

　俺は有瀬の手を掴んだ。

「単純に訊く。お前は、俺を騙してるのか？」

　有瀬は逃げなかった。

有瀬は――少年の有瀬は、ただ俺を青ざめた目で見つめた。俺も見つめかえした。瞳がひと震えもしなかった。鏡には映るはずの自分さえ見なかった。俺たちは見つめあいつづけてた。

「すまない」

　俺は手を離して、リノリウム――どこも床はリノリウムばっかしだ――に視線を落とした。「どうかしてる、俺は」

「ボクもだよ」

　カーテンの閉まる音。「からかいすぎた、ごめんね――」

　腹部がまた、鈍く痛い。

カーテンが開く。

女子高生が立ってる。

「やっぱり、自分でもこれが一番馴染むんだ。ほんとのボク、って感じがする」

有瀬は目を閉じて、笑った。天使の——人類に厄難をもたらす存在の——笑顔。

「ああ」

と俺は言った。

「お前らしい」

「よかった——。よかった——。じゃ、行こうか——」

「待て」

「うん?」

「歪んでるぞ。この——なんて言うんだ? セーラーの垂れ幕みたいなやつ」

「ああ、セーラーカラー? 嵐くんでも知らないことってあるんだね」

「俺は何も知っちゃいないらしい。だからここまで来れた」

直そうとして、のばした俺の右手に、有瀬が「あ」と言った。

俺は有瀬のセーラーカラーとやらを整えてから、右手をかざす。

「ああ、これか?」

「天使の羽だったかもな」

紫色の、蝶のタトゥーシール。

「導いてくれたよ――よく、こんなことに賭けてられたな」

「信じてたから」

有瀬は俺の手をそっと包む。

「やっぱり、信じるのは嫌い？」

「ああ」

有瀬は、ゆっくり首をふる。

「まだ二回くらい、貼り直せると思う」

「ああ、そうだな」

俺はシールを自分から剥いで、有瀬の右手の甲に貼ってやった。有瀬は、確かめるように手をひらひらさせる。

「やっぱり、お前のほうが似合うな。洒落てるじゃないか」

「べんりな道具《ツール》でもあるんだよ。見てみる？」

「ん？」と俺は顔を近づける。有瀬がそっと体を寄せる。白い肌に紫のアゲハ蝶。紋様すべてが精緻に工芸的な昆虫を模した工芸品。

「みんな、この蝶に注目するでしょ」

有瀬はもう片方の手、左手の上で物を跳ねさせる。

「そうすると、こっちの手でこう言うことができるんだ」

ニンテンドースイッチ。

「お前っ」

有瀬は例によって身をかわし、VANSを履いちまってる。ひとしきり笑ってから、真顔になって、「でも、あのてかてかさんには通じなかった。ピストル盗ろうとしたけど、隙がなかった。あんなのはじめて。怖かった」

「お前……お前、いったい何なんだ……」

「歩きながら話そう。いつまでもここにいられないし、試着したのも返さなきゃ」

と言って、俺――栄光のしもべ二号――に服の山を押し付ける。

「こうなったら、どこまでもお供させていただきますがね、姫」

「ありがとう。フェアじゃないから、教えとくね。ボクは」

振り向き、ウィンク、唇に人差し指を当てて、

「ど・ろ・ぼ・う」

と有瀬は言った。


「職業に貴賤はないが」と、四階に上がった俺は『名探偵コナン』のコラボフラッグ――コナン君とニット帽の男がキメ顔してる――を眺めながら言った。「だとすると、俺と職業上の相性は最悪だな。おそらく」

「なんでー?・」

と、有瀬は蘭姉ちゃんの真似か、カラテの演武っぽいポーズ取って答える。

「嵐くんは荷物を守る。ボクはそれをいただく。連鎖できてるでしょ」

「そういうのを相性悪いって言うんだよ」

「え？　こんなに愛し合っているのに？」

「お前が愛してんのは、つめたいデジタルデータだろ。可哀想に、片想いだぞ」

「そっちのほうがドラマチックじゃん。――ああ、これ欲しい！」

水飲み鳥に、有瀬はかがむ。俺も引っ張られ上下するクチバシを拝見する。

「お前のカバンに入ってるおもちゃを売れば」

俺は有瀬を促して、また歩き出す。

「ダチョウを小屋ごと買えるぜ」

「うん。なんだって買えるね。これも。あれも」

ルンバ。翡翠のピアス。炊飯器。チャーリー・XCXのポスター。戦隊ものの合体ロボット。テニスラケット。

有瀬は店を蝶のように――魔性の手の甲に羽ばたく蝶のように――気まぐれにウインドウショッピングして、

「でも、お小遣い、足りないや」

「さっさと売れよ、荷物。ルートは承知なんだろ？　なんで俺にひっついてる？」

「力を貸してよ。相棒」

「だから相棒じゃねえし、なんでこれ以上の搾取をされなきゃいけないんだ？　俺にこれ以上の愚民になれってか、マリー王妃？」

「ボクのためじゃない」

　猿の玩具が、〈きききききき〉と突然の哄笑。

「あの二人……お姉さんとお兄さんを助けなきゃ」

「王侯貴族ではなく、ブルジョワに奉仕せよ、と。姫の仰せとあればだが、何がどうなってんだ？

あの兄貴、すっとぼけてたのか、まるで知らないようすだったが」

「ウィスパーでフォローしてるんだけど、あの二人」

「そうやって蜘蛛は糸を貼ってんのか？」

「まあね。めぼしいお客さんはね。ピンと来るんだ。でもあの二人は、なんか変だった」

「恋人と書いて変人と読むんだぜ、大人ならな」

「なんだかね」

　有瀬が少し、遠くを見る。

「変なんだ。この一ヶ月くらい。巻き込まれてる、って言うか、巻き込んでるっていうか。」

「俺も含めてな。──失礼。お話をどうぞ」

「傾聴感謝。──〈Martial Solal〉さんが、何かを開発したらしい。で、たぶんそのパートナーさんだと思うんだけど、〈藤井聡太の流し目やばい〉さんが、おろおろしてる感じ」

「夫婦なんて、そんなもんだろ。俺の親もそんな感じだった。終わった話だが」

「そういう感じとも、違うんだ。なんていうか──そうだね、世界、が関わって来てる」

「そのデータが、スイッチに入ってるっていうのか？　しかもそれを、何だって俺に運ばせた？――いや待てよ、お前、俺が運び屋だって知ってたようだな、何でだ？」

「何でだ、もなにも」

有瀬はぱっつんを取り出す。

モニタに俺の顔写真――学生証のやつだ。〈彼は信頼できる仕事をします〉のキャプションに、俺の住所氏名。〈星3・5〉。

「ひゅー。有名人」

「おい、何だこれ。俺はGoogleに知り合いはいないぞ。しかも微妙な星つけやがって」

「だーかーら、嵐くん有名人なの、この業界では。仕事ぶりが評価されたんだよ。誇っていいと思うな――エゴサとかしてないの？」

「〈ネットに載らないのが当社の売りです〉だったからな。社長兼社員がネットアレルギーなんだ、我慢すれば最低の操作はできるがな。こんな、ただ漏れになってるとは思わなかった」

「時代だよ、嵐くん。〈Martial Solal〉＆〈藤井聡太の流し目やばい〉が森嵐という職人に荷物を一時預けた――その情報には誰でもアクセスできる。それはお姉さんお兄さんがわざわざ流したんだろうけど」

「なぜ？」

「なぜ？　って、だってそうでしょ。森運送に預けてる間は、お姉さんもお兄さんも害は及ばないもん。絶対安全銀行でもあるんだね、嵐くん」

「手広く事業を展開しています、と。つまり〈Martial Sola〉は〈Martial Sola〉に荷物を送ってたんだな。それで俺は狙われてたわけだ。とんだ間抜けだぜ、畜生、坊や」

「だからボクが駆けつけたんだよ」

「金の匂いを嗅ぎつけて、な」

「それは否定しないよ」

　有瀬は、群衆が去りはじめてて、それでも輝く商品群にむけて、指鉄砲を撃つ。

「ここの売ってるもの、欲しいものばかり」

「〈おばあさんは、ほしいものをなんでもかってくれます〉、か」

「ぞうのババール、大好き！」

「あんな悲しい話はない。俺は嫌いだ」

「本当に嫌いなものばっかりなんだね、嵐くんは」

　有瀬が立ち止まる。俺も立ち止まる。有瀬が俺の目を見つめてる。

「嵐くん。嵐くんに好きなものはないの？」

「金だな。お前と同じ」

「心外だなあ」

　有瀬が俺の脇腹を肘で小突く。

「ボクはお金が好きなんじゃないの。嫌いじゃないけど。何か――こう、そうだね、信じてるの」

「義賊のプライドか？　そんな代物、ますます信じたくないな」

「そうじゃなくて、ボクはこのボクが好き。だから、嵐くんも好き」

「そういうことは軽々しく――」

「ぱっつんも、お姉さんもお兄さんも、あのゲーセンのお爺さんも、ひょっとしたら、てかてかさんも、みんな好き。でもみんな、何かをめぐって、ぶつかり合いっこばっかりしてる。その何かを、だから、ボクは、盗むの」

「泣くぞ。いつか夜にひどく泣くぞ、お前」

「いいよ。泥棒だもん。ふさわしい夜さ。ねえ、嵐くんには、ほんとうに好きなものがないの？」

「俺か――そうだな……」

有瀬の腕をそっとふりほどく。有瀬はそれに応える。

「ひとつ、あったな。あとで話す。今は好き嫌いより、ペプシ飲んで、やわらかい枕に眠りたい」

「こんな？」

有瀬が〈ぞうのババール〉の枕を引き出してくる。

俺は通路をはさんで、キッズ用金属バットを抜く。

「ところで質問なんだが、俺たちは監視カメラに写ってないんだな？　例えば、この金属バットはどうなる？」

「うーん、そうだね、曖昧なとこだけど、宙に浮いてるように写るのかも。結構、怪しい光景かもね」

「というわけで」

と俺は正面を向いて言った。

「あんたとのチャンバラは、手短に済ませておきたい」

客はほとんどいない――ギャラリーもほぼいないってことだ。しかし、真正面から再会するとは。

「それはこちらもですよ。目立つことはしたくありませんからね」

と、クールビズ卵頭力士は答えた。

「まだ夜は冷えるぜ。寒くないのかい……」

「ありがとうございます。鍛えておりますので」

「なるほど。ゴルフをおはじめになりやがったようで」

クールビズ卵頭は大事そうに五番アイアンを撫でてる――ビジネスマンの夜のささやかな贅沢のしぐさ。その辺りの自然さが、社会人の特権だ、畜生。

「これでも、大学時代はフェンシング部の副将でしてね」

「柔道部じゃないのかよ」

「あれは、小林まことを愛読していたに過ぎません」

「そういや、漫研って面だな」

「よくおわかりで。兼部しておりました。そちらは副部長」

「ペンネームは、ベン・姉無とかいうんだろ、おそらく」

「代表作は『Kill the Children, Save the Food』でしてね、そういう人格形成しましたのですよ――」

俺たちの間の緊張のガラス。

俺は構える。

力士、剣士と呼ぶべきなのかもしれない、が愛玩してたアイアンをゆっくり武器の位置に変える。

「ふうっ」

と、剣士のいななき。次の瞬間、意外な敏捷さで踏み出してるクールビズ卵頭の足――シューマート特製の革靴――が、差し出されたババール枕を踏み、そのまま有瀬が引き抜くと、あしかショーにも似て、巨体が宙を舞い、したたか卵の後頭部を清潔な床に強打してる。

「有瀬っ」

俺の叫びより遥かに疾く、有瀬は陳列棚の迷路のなかに駆け出してる――あとに、投げつけられた包丁、投げつけたカポエイラナードを残して。

「ふられたな。お気の毒に」

「賃金が入りゃあ、それでいいんだよ。あのアマは、おたくを仕留めてからだ。知ってるか。めでたくおたくは百十円に値上げだ、よう、贅沢品」

「悪法も法だな。バットにも使う方法がいろいろあってな」

「そんなおもちゃ、この包丁当てりゃ一発だぜ。おたく、さっきのあれ思い出して、うちに勝てるって信じてるのか……」

「何遍だって言う。信じるのは嫌いだ。だがな」

飛んできた硬球を、俺は少年野球金属バットで打ち返し、高い快音と、ナードの顎に直撃する鈍い音。

ボールがぽろり落ち、ナードが、目を開けたまま倒れてゆく。

「信じなくたって、予告ホームランくらい打てる。予告してなかったがな、悪い」

「ピッチャー返し、って言うんでしょ」

有瀬が、ひょっこり顔を出す。

「それじゃお前に当てることになっちまう。そう言うのは嫌いだ。ナイスピッチングだな、有瀬」

「嵐くんもナイスバッティング——、行くよっ」

有瀬は俺の手を引いて駆け出す。ちらと、遠くになつかしいてかてか男が歩いてくるのを見る。

俺たちは、と言うより俺は、信じられない——信じたくない——有瀬のスピードに引っ張られ、夜のアピタを駆け抜けてゆく。

「こっち！」

エスカレーターの前で、一瞬有瀬はとまり、「フェイント」と言って下りエスカレーターを駆け上がる。ここいらは右側空けルールの地域だ。マナーを守る数組の客——幼すぎる家族、行き場のない老人、夜の商売の商人と搾取されるサラリーマン——が唖然と冷然として見やるなか、俺たちは喜劇映画の速度を持って足を回転させる。

鏡に映る滑稽な若者たち——しかし喜劇をみずから見てるように、有瀬には満面の笑みが浮かんでやがる、畜生。

四階。

本屋が目に入り、俺は『千のプラトー』を思い、捨て、さらにエスカレーターをさかのぼる。

五階。

食堂街の安い油が匂い——食欲が腹の痛みを蘇らせ——。

「ホテーフーヅ、行かないか？　オーダーストップだが」

「スタバがいいな」

「高い」

「おごる」

「恩に着る」

俺たちは走りつづける。手をつないだまま、俺が俺の体験したことのない速度で走る。——こいつといるとこんなに疾く走れるのか？

潰れかけたハンバーグチェーンの横、やや薄暗い階段を二段跳びで——有瀬は四段跳びで、登り終えると、屋上駐車場に出る。

夜。

風が冷たい。

荒沼市の夜景が広がってる。

「あー」

と有瀬が手すりから身を乗り出し、闇に向かって叫ぶ。

「トイレの前は、さっき通ったぜ」

「ちがうよ。月に吠える、ってやつ？　気持ちいいよ、嵐くんもやってごらん？」

「あああー」

「あああああー」

「あー」

「どう?」

「息が切れた」

「ボクも」

星が出ていて、しばらくの無言。そして俺たちは、笑う。心から。痛む腹の底から、俺たちはくすくす笑いをつづける。

「楽しいね」

「ああ。楽しいな」と俺は壁を背にへたり込む。「三十秒待ってくれ。クルマ入り口から下りよう」

「今は、まだお喋りしてたいな、大事な話」

「オジー・オズボーンのひ孫の名前についてか?」

「ボクらの子供の名前」

「こどっ……」

「うぶだねえ。冗談だよ。好きなもの。言いかけてたでしょ、嵐くんの好きなもの。ボクはそれが知りたい」

「ああ、そうだな……今、あらためて思い出した」

呼吸が、少しずつ戻ってゆく。呼吸だけは。

「インディアン・チーフ」

「そういう炭酸飲料？」

「モーターサイクルだ」

「もーたー……ああ、バイクのこと？」

「その呼び名は嫌いなんだ」

「なんで？　十五の夜に盗んで走り出しそうでいいじゃん」

「そう言われるからその単語嫌いなんだ。第一、泥棒基準で物事判別するな」

「じゃ、何？　オートバイの方がいい？」

「それは最低の単語だ。……やっぱり、そうだな、モーターサイクルだ」

俺はなんとか壁にずり寄って、体を持ち上げる。

風だ。

送風口からラードの薫る熱い風、海から重油と塩水が合わさる冷たい風。みんな俺たちの上で混じり合う。

「そのバイク、じゃない、もーたーさいくる、どんなのなの？」

「インディアンさ――――。最も古いアメリカのモーターサイクルで、WASPのハーレー・ダビッドソンに滅ぼされた。その後復活したけど、あれは単なる人類館の展示だ」

夜だ。

山から伝わってくる夜は、牧草地帯を越え、市街地のネオンサインを越え、工業港のライトを越え、闇よりもなめらかな闇――海のうねりに広がってる。

「どうして？」

「いくらエンジンを復活させても、魂が違う。それだけの単純な理由だ」

「そうじゃなくて」

有瀬は俺のそばに立ち上がってる。

「なんで嵐くんは、そんなに、そのもーたーさいくるが欲しいの？」

「俺は、この荒沼市から出たことがない」

星だ。

俺たちの棲む星と、何が棲んでいないのかさえわからない、無数の星の瞬き。

「生まれてから、一度も、この街の外に出たことがない。画像は嫌ってほど見せられてるがな」

「修学旅行とか、行かなかったの？」

「プーのマルセル坊やに『もういいから、とっとと、働け』って毒づくのが楽しくてな、気付いたら出発日の午後三時だった」

「そういう時って、マドレーヌ食べるんでしょ？」

「畜生な人生思い出しながらな。プルースト効果、知ってるじゃねえか――だから、俺は、この街を出てく」

「うん」

俺は有瀬の横顔を見なかった。――ずっと後になって、この時の有瀬の顔を見つめるべきだったと、苛まれる夜が来るが、それはあとの話だ――俺たちはただ、ふたりで荒沼市の光と闇を見つめてた。風が、ふく。

「うん。続けて。嵐くんの話、聞きたい」

「――だから、俺は、インディアン・チーフを手に入れる。そいつに乗って、この街を出てく――二度と戻らなくてもいいようにな」

「免許は？」

「現実主義者だな、お前。それは嫌いじゃない。まず教習所に金がいる。生活保護も俺を産んだ人間が食いつぶす。モーターサイクル自体、ミリオン単位の値段がする。資本主義の畜生」

「この荷物、売りたい？　バイクくらいは買えるよ、おそらく」

「モーターサイクルだって言ってるだろ」

俺は、はじめてのように――とんだ勘違いだが、出会ってからはじめて、のような気が一瞬した――有瀬と至近距離で見つめあう。

ぷっ、と有瀬が笑いだす。俺はつられたわけじゃなく、自分の意志で、笑う。俺たちは笑い続けてた。この時間が永遠でありますよう、この街がどんな畜生であろうとも、と俺は笑いながら口にしそうになって、それも馬鹿馬鹿しくなるほど、俺は有瀬と笑いたかった。

「すまないが、ＣＥＯ」

俺の声がぶるぶるしてる。

「当社のモットーは、〈安心と安全と、少しばかりの危険をお運びする〉であります。お客様のご期待を裏切るわけにはいかないでありますーーところで、そろそろ時間でありますか？」

有瀬の瞳がすばやく動く。

「もう少しだけ。こっちのお客さんはせっかちらしいけど」

「商売繁盛はありがたい。夢が現実化する」

ゆっくりと振り向く。三カ所ある出入口から、三銃士がーー近くから順に、クールビズ卵頭、ナード、てかてかーーゆっくりと姿をあらわす。

今度はクールビズ卵頭の、ナードの、そしてもちろん我らがてかてか伯爵の手に、黄色いプラスチック拳銃が握られてる。

「これはこれは」

と俺は言った。

「お懐かしい皆様が、結構な品をお持ちで」

「はじめから彼らにも渡しておくべきだったよ。ーーいや、暴発したかもしれないがね、あらゆる意味で。現在も保証はできないよ、少年よ」

「知ってるか。坊やって、暴発したみたいに泣き出すんだぜ……」

「その若さが、実にうらやましくあるのですよ」

クールビズ卵頭が、こんなに巨大だったたか？

「実にうらやましい。恋人どうしいちゃいちゃと見せつけてくれやがりくださるとは」

卵頭が心から羨ましそうだったので、優しい俺は答えてやることにした。

「期待を裏切ってすまん。こいつは恋人じゃない。ビジネスのパートナーだ」

「やったぁー」

有瀬が俺に飛びつく。「嵐くんが、ボクを相棒と認めてくれた。やったあ」

「〈土の壺と鉄の壺〉に成りませぬよう、願うのみに御座います、お嬢様」

ぱっつんが口を――スピーカーを挟む。

「イラつくバカップルだぜ、おたくら」

ナードが右手に拳銃、左手に鉈をぶらつかせて、ざらついた声。

「爆発しろ、ってか？　オタが何たら動画にコメしそうなセリフだな」

「そんなオワコンに興味はねえよ」

三銃士――東方の三賢人と呼ぶべきだろうか？――はじわりじわりと輪を狭め、照明の下をくぐるたび、羨望と憎悪と無表情の表情が浮かんでまた闇に溶ける。

「君を待っていたのだよ、少年よ」

てかてかの声は、いつでも静かだ。死刑台に立ち会う教誨師のように。

「ゲームセンターで眠った君を検分しなかったわたしが失態だった。反省はしているよ」

「後悔はしてない、ってな」

「後悔？　そんな言葉でこの焼けつく痛みを表せというのかね、少年よ。君にわかるかね、この自分の皮膚を剥いだほうが楽になれると思わざるをえない悔いが？」

「今の俺に、悔いはない」

俺の胸に頭をこすりつけ、「やったあー」って繰り返してる有瀬を撫で、

「それが若い、ってことなんだろうな、俺は、坊やだ」

と言った。

「今度は実弾だ」

とてかてかは言った。「三人ともだ。死体を検めれば良い。そう思わないかね、少年よ、乙女よ」

無言。風。星。

そいつらを裂くように、ぱっつんが言った。「お嬢様。〈わが白い羽飾りのもとに馳せ参じよ！〉に御座います」

有瀬が暴発――というより弾け、

「飛ぶよっ」

有瀬と俺は同時に、手すりを越えて暗黒空間に体を投げ出してる――銃声。

落ちてゆく――。宙に浮く有瀬は何と微笑んで髪が逆立ち――。

高く

高く

高く

俺のなかの萩原恭次郎が絶唱し、パノラマ視はしなかった――代わりにマルチウインドウの、おそらくはいろんな世界の窓が輝いて――衝撃。柔らかいものに包まれる。ずうん、と鈍いものが俺の腹部を殴る――そして。

そして俺と有瀬は、国道を走る「のんびり牧場」のトラクターの干し草の上に落ちてる。

「〈ピュロス風の勝利〉に御座います、お嬢様」

「大丈夫、嵐くん？」

「どこから読んでた？」

アピタの屋上で、三馬鹿が何か喚いてる――。良い夜を、とか祝福してくれてるに違いない。証拠に、時折おそらくナードが祝砲を撃ち、おそらくてかてかに止められてる。たかん、と鉈がアスファルトに叩きつけられる音。

「ほんと、質問に質問を返すねえ――ここの配送時間はいつも把握してるの。ボクもプロだから」

「若けえ衆」

と、運転席から顔を乗り出して、農夫がのんびりとがなる。

「ヤンチャはかまわねえが、タクシーにするつもりなら、初乗りでいいから払ってくんなし」

「すぐ降りるよ。ありがとう」

農夫は前方に向き直り、右腕を出して、サムズアップ。からの、ダウン。

俺は腹に手を当てて、訊く。

「で、どこへ行くつもりだ」

「決まってるでしょ」

と、有瀬は髪を軽くかきあげた。

「仕事は、最後までやり遂げるの。プロでしょ？」

――星と時と夜がのんびり疾走する。

「かくて波乱万丈の冒険の果てに、可憐なる美少女盗賊と忠実なるインテリジェンスゴリラは、全ての謎が秘められた館にたどり着くのであった」

「誰に喋ってんだ?」

「読者」

「ゴダールは偉大だな」

俺たちの前方に二階建てがそびえてる――金かけて剥き出された剥き出しのコンクリート、ブランコのあるガーデン、きれいに積まれた薪、口の広い、閉ざされたガレージ――、ノームコアに設計された二階の窓に灯りがついてる。深夜十一時三分。大人なら起きてていい時間だ。

子供の俺たちは歩いてここまで来た。有瀬のネットを手がかりにして。市街地から、やや山側に外れた高級住宅地。

「茅原佐美子　宇田川牧人」の表札。ごたぶんに漏れず、鉄の柵がしっかり閉ざされてる。

「ぱっつんに開けてもらうか?」

「その必要はないよ。正当な仕事だもん」

と言って有瀬はインターホンを押す。

しばらくの無言。

「強引に入っちまった方がいいんじゃゃ――」

「きみたちか」

雑に割れた牧人の声が響く。有瀬はカメラに向けて投げキッスして言う。

「お話し、したいです。有益な時間になると思うけどな――」

オートロックの外れる音。

「玄関を入って右側がリビングだ。靴は脱がなくていいが、泥は落としてくれ」

有瀬がピースサイン。俺たちは――俺はため息をつき、有瀬はスキップで、幾何学的な敷石を踏んでゆく。庭に呼吸の荒いブルテリア。おそらく声帯除去されてる。

黒い扉を開けると、青いＬＥＤが自動的に灯る。かすかに香辛料の香り。バリアフリーの廊下を曲がれば、広々としたリビング。

モノトーンの部屋――入口に黒白のコート掛け。黒い北欧のソファに、白いホームシアターのスクリーン。本棚に整然と「カイエ・デュ・シネマ」のバックナンバー。南極が上側のオーストラリア製世界地図。髙田延彦全盛期の白黒ポスター。錯視を利用したボロメオの輪の模型。テーブルの上のMacBook Proに、白黒マーブルの皿――クスクスが三分の一残されてる。

「わー」

有瀬がソファに身を投げ出す。

「すごい、ふかふかだよ。嵐くんもおいでよ」

「他人の家では行儀よくするもんだ」

俺は足音を聞く。

「住人も、他人の家みたく住んでるっぽいが」

「そう、他人だよ。他人が住んでいるんだ」

　牧人氏がネルシャツ姿で現れる――やっぱりシャツに着られてる。

「私も、あいつ――彼女も、他人同士だ。君たちも。他人同士、『もう、ほっといてくれ』と思っても、傷つけ合う、どうしようもなく」

　青白い顔が上気してて、足取りがふらつき、左手に赤ワインの壜。一九九九年物のブルゴーニュ赤。

「乾杯しようじゃないか。このすばらしい他人同士に」

「あいにく、未知の体験には用心する性質でしてね」

「飲んだことがないのかい？　その年で」

「未成年飲酒くらいで、世間様に刃向かった気になってる連中が嫌いなんですよ。俺は、嫌いな奴と同じことはしません」

「あ、ボク、飲んでみたい！」

　ソファから跳ね起きる有瀬の首根っこをつかまえる。

「駄目だ。歳を考えろ」

「別にいいじゃん。ちょっとおっきいからって、保護者ぶらないで」

「じゃあ、仕事のことを考えろ。商売中に酔っ払ってゲロ吐くのか？　プロ意識はどうした？」

「プロ野球で、酒くらって代打ホームラン打ってる人いたよ」

「あれは漫画だし、あぶさんも途中から飲まなくなった――すみません」

牧人氏が、ぽつりと立っている。肩がひどく痩せてる。

「いや、気にすることじゃない。君たちは未成年だった。勧めた私が悪かった。すまない。全て私が悪かった」

「ご自分を責めないでくださいよ。そう言うのは、大概、見ている方がつらい」

俺はソファに腰を下ろして、腹部を確かめる。

「悪かった。――その、あらし君、だったか。あの場を逃げた私たちを責めてくれていい。せめて救急車を呼ぶべきだったんだろうが――」

「事情がお有りでしょう。立ち入りません。こう言う仕事ですから」

「その仕事、のことなんだが」

牧人氏は罎をラッパ飲みする。

「私に荷物なのか？　君はそれを届けてくれたんだね？　それで君はあんな目にあったんだね？」

「それが俺の役目ですから。お気になさらず」

「役目。役目か」

ふらふらと牧人氏ははす向かいのソファに腰を下ろして、また一飲みする。

「君は言っていたな、私はキャラクターの特性を理解していない、と。たぶんそうなんだろう。私はあいつ――彼女――も、私自身も、理解していない。できない。私はキャラ選択を、いつも間違える」

「俺もですよ」

俺は後ろにもたれ、深く息をする。有瀬がそっと、横に座る。

「役目。役。役だよ、まさに――。こう考えたことはないかい――自分は何かの役を与えられた。そのオファーを断ったら、干される。あとは名も無いモブをさまようしかない――自分の役名を探し続けて。これが私の役です、って言える脚本を求めて。それだけだった。それだけだったんだよ、ほんとに」

「わかるなー、それ」

有瀬が、足をぶらぶらさせて言う。

「でもそれ、遊べるんじゃないかな。ボクにはどんな役だってできる、って、なりきって、楽しく、遊んで――」

「ガキに何がわかる！」

酒壜を牧人氏は投げつけた。今さらこんなのに当たる俺たちじゃない――白い壁に、ガラスの砕ける音。おそらく、血のような染み。

歌。蛙の歌が聞こえてくるよ。

「悪かった。許してほしいんだ」

牧人氏はうつむいて――祈るようにうつむいて――懺悔のようにこころ閉して呟く。

「酔ってるんでしょう。お気になさらず。おっしゃる通り、俺たちは未成年です。酩酊しません」

「大丈夫。大丈夫だよ、牧人さん」

有瀬が立ち上がり、牧人の肩に両手を置く。「牧人さんは、牧人さん。それでいいんだよ。別に楽しまなくたって、いいんだよ。牧人さんなんだから」

「君――」

「いいんだよ。今さら高田のファンだって。ヒクソンの時より、武藤さんに負けた時の方が悔しかったんだよね?」

「何だよ、詳しいな、お前。V1上手いわけだ」

「へっへー。密かにようつべ見てるんだ」

「そうだ。私には高田がいた。高田。高田。君は、どうして、君――」

牧人の肩が震え、有瀬の手をつかもうと伸ばされた瞬間、

「そうやって〈聖なる少女〉に救ってもらうの? 気持ち悪い」

リビングの奥、もう一つの出入口から佐美子の声がかかった。

びくっ、と牧人の手が止まる。

ゆっくりと有瀬は男の体から離れ、佐美子の方へ体を向ける。

佐美子がゆっくり歩いてくる――白いガウン、乱れた長髪、化粧を落とした顔面に、しかし敵意は不思議なほど削ぎ落とされてた。

「ちわー。お邪魔しております。運び屋のキキです」

俺を無視して、佐美子は有瀬に言った。

「私は、あなたが嫌い」

「うん。でもボクは佐美子さんが好きだよ」

「そう言うところが嫌い。あなたのようなガキを私は良く知ってる。あなたは私の何を知ってるの……」

「佐美子さんが」

有瀬は立ち上がり、まっすぐに佐美子を見つめてた。その悲しささえ秘めた青い瞳を、俺はおそらく忘れない。

「佐美子さんが〈Martial Sola〉さんだと言うこと。そして牧人さんが」

有瀬は牧人のほうを一瞬振り返り、「〈藤井聡太の流し目やばい〉さんだと言うことを、ボクは知ってる」

遠くで、あるいはすぐ近くで、蛙が鳴いてる。

「おい。何だって……」

言いかけて、メンツの中で事態を把握してないのは俺だけと気付く。

〈Martial Sola〉に牧人氏の顔、しかして実体は佐美子。

〈藤井聡太の流し目やばい〉に佐美子氏の顔、なれども実体は牧人。

「とんだ間抜けだぜ、俺——ずいぶんと踊らされてたんだな……」

佐美子＝〈Martial Sola〉が俺を見つめる。牧人＝〈藤井聡太の流し目やばい〉が俺を見つめる。

ガキが踏み込めない大人の視線が絡みつき、畜生、俺は坊やをやめたい、今すぐ。

「どうして？」

と佐美子＝〈Martial Solal〉が訊く。

「どうして判ったの？」

「ウィスパーのプロフィールだよ。〈藤井聡太の流し目やばい〉さんがエルザ・スキャパレリ信者なら、犬猿の仲のココ・シャネルを着るはずがないよね。それから」

と、有瀬は本当の〈藤井聡太の流し目やばい〉さん＝牧人を見て――何がほんとうなのか、俺にはもうわからない。

「〈Martial Solal〉さんが、本当にジャイアント馬場さんを敬愛しているなら、インタビューで〈お化け〉とか〈ただの芸能人〉とか、さんざん馬場さんを侮蔑した高田のポスターを、飾っておくわけがないよね。お互い、相手の表面の趣味は何となく見てるけど、底にあるもの――そう、相手の魂をきちんと把握してない二人組が、書きあってるような気がするな」

「そう。そのとおり」

〈Martial Solal〉こと佐美子が深く息を吐く。

「何にもわかっていなかった。どんどん、わからなくなっていった」

〈藤井聡太の流し目やばい〉こと牧人が、悲しげにかぶりを振る。

「最初は私だ――だったような気がする。昔だよ。ふたりが恋人だった昔。お互いのフリをして、お互いがこんなことを言うんじゃないか、こんなことを考えてるんじゃないか、それを見せ合うのが、ただ、楽しかった。何もかも、楽しかった。それが――」

「子供は知らなくていいこと」

佐美子が牧人を遮る。「それが、子供の特権」

「冗談じゃない。ど畜生だ。こちとら命張ってんだぜ。失礼。当方は張らさせて頂いてます」

「知らなかった――知らなかったの。あなたのような子供が、こんな危険にあうなんて」

「だから子供を引退したいんですよ。一秒でも早く」

「大丈夫。気に病まないで、佐美子さん。嵐くんには、ボクがついてたから」

「ああ、全くだ。お前がいなきゃ死んでた。お前のおかげで死にかけもしたがな」

「病めるときも健やかなるときもの原理だよ、ダーリン」

「だ……」

「ほんと、そう言うとこ、うぶだよね」

「お前な、俺の心臓を何だと思ってる」

ふふ、と佐美子が笑った。「うらやましい」

笑顔になってる。あきらめの笑顔じゃない笑い皺。

「私も子供に戻りたいなんて思わない。ろくなもんじゃなかった毎日。でも、そう、子供をやっと――そう、引退できた日に、その日にだけは、戻りたいと思ってたかも。牧人に、恋した日」

「さみ――」

牧人は片手を口に当てて、はじめて酒壜持ってないことに気付く。佐美子はその牧人に語りかけるわけでもなく――いや、言うなら牧人の、じぶんの幻影に語りかけてた。

「だからゲームを続けてた。SNSの『転校生』ゲームだけじゃない、仕事終わって、あのゲーセンで牧人と対戦して、でも牧人、おとといの日曜、来てくれなかったね――こんなに不安な毎日なのに、私のそばにいてくれなかったね。だからあの人の、言葉通りにしたのに」

「あの人?」

　俺の眉がしかめられる。「あいつですか、まさか?」

「そう。君を撃った人。君を紹介して、『この少年に荷物を預けて、自分から自分に受け取りなさい。とりあえずの目眩しはいかがですか、目覚めた人よ』って――」

「まあ。言っちゃ悪いけどだけど」

　と有瀬は俺の頭をポンポン叩く。

「納税たっぷりしてるセレブを強盗して殺して奪うのと、不良ゴリラ高校生を喧嘩に見せかけて殺して奪うのと、どちらにケーサツさんの気合が入るでしょうね、ってことだよね。あのてかてかさんの考えそうなことと」

「本気でどす悪いこと言うよな、お前」

「マジで悪人だもん」

「でも」

　と、ふらふらと――やっぱ酒の匂いが俺を刺す――佐美子は牧人に近づいてくる。

「言うとおりにしなかったこともあった。受取人を、牧人にした」

「なぜだ?」と訊くのは俺の役目じゃない、牧人がちゃんと口にしてた。「なぜ、私にそんな荷物――だと言うものを――押し付けようとした?」

「生きてほしかったから」

佐美子は、牧人を抱きしめられる位置まで来てる。

「あなたの人生を、生きてほしかったから。私との人生を、生きてほしかったから」

「ああ……わかる。わかるよ。今やっとわかったよ、さみちゃん」

牧人は佐美子の手を取った。しばらく、そうしてた。

有瀬が俺の耳元でささやく。

「大丈夫みたい。あのふたり」

「そうなのか?」

「鈍ちんだねえ、そう言うとこは、とことん」

「仕事は敏腕だ――お前、荷物はどうするつもりだ?」

「お客様の要望によるんじゃない?――ボクは別業者だから、なんとも言えないけど」

「そんなわけで、お取り込み中すみませんが」

俺は〈ふたりの世界〉に浸ってるパートナーズに呼びかける。

「お荷物のお引き取りは、いかがなさいますか?」

佐美子がはっとした目で俺を見る。牧人が追随する。佐美子が少し早口になって、

「荷物――そう、荷物――。君はあれが何か知りたくないの?」

「職業ですんで。立ち入らない矜持はありますよ」

「単なるアプリ」

佐美子は俺に構わず――誰からも構って欲しいんだろう、おそらく――独白つづける。

「仕事の片手間に作った、ウィスパーの補助アプリ。ネット上の個人プロフィールを、ビッグデータと照合して、本人の無意識の願望に合わせて、自動的にまとめて変更できる、ただそれだけのアプリ――いまどき珍しくもないでしょう？――それを一部公開してから、怖いことばかり起きた。犬が三匹、死んだ。通勤のとき、背後から黒いルノーがずっとつけて来てた。だからやばいものを作ったって思ってる――どんなやばいのかわからないけど――だから、データはニンテンドースイッチに入ってるけど、起動鍵は、ＳＤカードにして、さっきのゲーセンの筐体裏に、貼り付けて――」

「だめっ、それ言っちゃ！」

有瀬の叫びと、俺がコート掛けを廊下に投げ出すまで、わずかのタイムラグしかない――銃声が一発。それ以後はない。おそらく弾切れ。賭けだ。俺が飛び出ると、拳銃自体が投げつけられ、ナードが一目散に玄関を撤収してく。

俺が門に出るのと、黒いルノーが発車するのもほぼ同時。悟空・八戒・沙悟浄のシルエットが闇に掻き消える。

「畜生」

俺の横に、有瀬が立つ。後ろに、うつろな――おそらく、そんな表情でパートナーズが立ってる。

「佐美子さん、牧人さん！　車持ってる？」

有瀬が叫ぶ。

「それは……」

牧人はしばらく、でもない、数瞬考えて、

「こっちへ来てくれ」

と、よたりながら俺たちを導いた。

リビングを潜り抜け、使った形跡のないランドリーを通過すると、ひんやりとした闇に、機械油の匂い。

牧人が灯りをつける。

ガレージ。

広々とした空間に、黄色いシボレー。そして何台ものモーターサイクル。そしてその中に――。

「車を貸してもいいんだが」

俺に牧人の言葉は半分も入らない。ただ一点に集中してる――。あれは。

「モーターサイクルなら、君なら扱えるんじゃないか……」

「おそらく。ああ……おそらくですよ」

「嵐くん?」

有瀬の声もおぼろげに、俺は近づく。巨大な、ロードスタイルの古典車両。

「ああ、インディアンかい? レストアしてあるが、真正の四〇年代ものだよ。君も興味があるのか?」

「インディアン? 嵐くんが言ってた?」

「インディアン・チーフだ。俺が一人でシミュレートしてたやつ。おそらく乗れる。お前ならあっさり使いこなせるかもな。今日は人生最大についてる日だぞ、有瀬」

「鍵を出す。待ってくれ」

牧人の動きが少しきびきびしてる。俺は一回、身震いして、インディアンにまたがる。後部座席に飛び乗る有瀬へ、

「警察のカメラ、俺たちを透明にできるか？　無免許で捕まるリスクはデカすぎる」

「やってみる」

ぱっつんを操作する有瀬。牧人が俺に鍵を渡す。キック五回目でエンジン起動。機械の獣が目を醒ます——響く轟音、俺たちを震わせる振動。こいつは左ハンドルがスロットルだった——普通のモーターサイクルとは逆。計器類の針が上がってく。

「ぱっつん。十分後に全データ持って離脱。分散してもいい。その後、ネットを逃れるだけ逃げて。どこかで必ず会おう」

「お嬢様。〈今朝　此の別れを為す　何処にか　還相遇わむ　世事　波上の舟　沿洄　安んぞ住まるを得む〉に御座います」

「有瀬？」

「ぱっつんは置いてく」

「なんでだ」

「警察ハックするの、リスク大きすぎる。大丈夫。迎えに来る。今は早く。ゲーセンへ——佐美子さん、このお爺ちゃん、預かって」

メットを二つ――俺のはオープンフェイス、有瀬はスリークォーター、どっちもシールド付き――を持って来てくれた佐美子と、ぱっつんを引き換える。

――ずっと後になって――すべてが終わってしまった後で――迎えに来た俺に、ぱっつんは、「耿耿たる星河　曙けんとする天　鴛鴦の瓦冷やかにして　霜華重く　翡翠の衾寒くして　誰と共にかせん　悠悠たる生死　別れて年を経たり」とポピュラー・ソングをテキスト表示して、それきりもう動かなくなったが、それは後の話だ――。

ガレージの扉が上がってく。

〈開〉ボタンを押した牧人が俺に訊く。

「行けそうかい？」

「おそらく。いや、確実に。あなたとはいい酒を飲みたい。俺が坊やを引退したら」

「二〇〇六年のボルドー赤がある。待っているあいだに、よく熟するだろう」

「そんなに遠い未来じゃない」

「嵐くんっ」

有瀬が俺の腹をしっかりと抱く。

「おふたりに、どうか祝福を――」

「ボクも信じてる――」

佐美子と牧人は寄り添って、俺たちふたりに笑いかけたかもしれない、俺は前を向いてた。

ガレージが開ききる。

有瀬と俺自身に言って、スロットル。有瀬、高らかに、「いっけええええええ！」、俺たちは走り出す。

夜の中へ。

爆音が高まってく。

「行くぞ――」

道の両側の田んぼに水が張られて、滑らかな黒い鏡。地に降りた星々がヘッドライトにかき消され、そいつらはいっそうの光を放って後方へ流れさり、銀河をモーターサイクルは滑ってゆく。

（翔んでる――　ボクら、翔んでるよ！）

（なあ）

（なあに）

（写真、いつ撮った）

（しゃしん？）

（お前のアカに固定されてる、俺の顔だ。撮られた記憶がない）

（入学式の日）

（なんだって）

（はじめて会った日。話しかけもしなかったけど、妙にブルーだったから、気になってたの）

（お前もな）

（あと、横顔きれいだった）

（お前もな）

　火の見櫓。

　メッキ工場。

　防火林。

　過ぎ去ってく。

（あと、何かもってるな、って思った。このひと、どうしようもない何か、持っちゃってるんだな、って）

（お前もな）

（だから写真とっちゃった。おこってる？）

（いや）

　信号はない。

　対向車はない。

　時間さえ、ないかもしれない。

（ずっと見てたんだよ）

（俺をか？）

（いつも弁当箱のごはんに魚肉ソーセージ。授業中でも平気でデリダ読んでる。誰にも話しかけない。いつもひとり）

（こういう商売を選んだからな。お前はメガネでアンドロイドいじくってる。たまに遊んでんのは知恵の輪。いつもランチパックだな。せめてイチゴジャム以外のものも食え。健康を考えろ）

（こういう生き方をしちゃってるもん。ずっと見ててくれたんだ）

（お前がこんな人だとは思わなかった、がな）

　笑う。

　笑う。

　星が流れて。

（ねえ）

（なんだ）

（このまま、出てゆけるよ）

（どこを）

（この街を。このまま、このもーたーさいくるで。どこまでだって、ゆけるよ）

（ああ）

（ボクも一緒にゆきたい。どこまでだって、ゆきたい）

（ああ）

　考えろ。

　考えろ。

　何がしたかった？

（ああ、そうだな。だけどそれは、俺のしたかったことじゃないんだ）

（何をしたいの？）

（したい、じゃない。俺にはやるべきことがある。畜生な仕事でも、俺の仕事だ。カタはつける）

（そういうとこ、好き）

（ありがとよ）

（ありがとう）

（いつか、出ていく。俺は俺のインディアンで、俺の街を出ていく。盗んだバイクでじゃなくてな。俺、泥棒じゃないからな）

（泥棒は嫌い？）

（お前は嫌いじゃない）

（いつか）

（ん？）

（いつかその時、それならボクも一緒だよ。ボクも一緒に、この街を出てゆこう？）

（ああ。そうだな。忘れない）

（ほんとだよ？　約束だよ？　信じるよ？）

（信じることは）

（嫌い？）

（どうでもいい――）

焼肉屋のネオンサイン。

カラオケボックスのマスコットキャラクター。

石屋の小中大仏。

(――お前が一緒なら)

(時間、もうあんまり、ない)

(飛ばす。放すなよ)

(うん)

背中の体温。

遠く遠くからここまで来た。

だからどこまでだって。

行ける。

行く。

必ず。

エンジンの中の火が激しく爆ぜ、上空の星はたちまち流れ去り、荒沼市の市街地にモーターサイクルは突入してゆく。

解体中のしまむらは廃墟と呼ぶにはまだ生々しすぎる。滅びない恐竜にも似て、パワーショベルの群れ。

その横を曲がって駐車場に侵入――わが懐かしの〈GAME　茶壺〉の電光掲示板は消えて、誘蛾灯だけが輝き――何匹の蛾が飛び込んだんだろうか？――その明滅に照らされて、陰影深い人影が、四つ、浮かんでた。

閉鎖されたシャッターを取り囲む、てかてか、クールビズ卵頭、ナードの背中。そして向き合う、扉の守護神たるおっちゃん。

四人とも、俺たちの爆音に目もくれもしなかった。すべては予想済みってわけか。インディアン・チーフを止める。前輪と後輪のブレーキを間違え、がくり、と車体が跳ね、俺の後ろで有瀬が揺すぶられる。

「もう。免許取り消すよー」

「持ってたらな。すぐにでもお前にくれてやる」

ヘルメットを外し、四人の男たちに近づく。

「帰れ」

おっちゃんが眼鏡をかけてるのを、初めて見た。

「帰れ。ここはわいの店や。閉店時間過ぎとる。これ以上好き放題はさせへん。とっとと帰れ」

「分かっているのかね」

てかてかが言う。俺たちを背中で凝視しながら。

「ここのオーナーは、わたしなのだよ。そのことは、そうだな、君の左靭帯がよく知っているはずなのだろう、老人よ？」

「ああ。よう知っとる」

おっちゃんの声に揺るぎはない。

「よう知っとる。ここは、わいの店や。わいが守り続ける、わいの店や」

クールビズとナードが身じろぎする。

「待てよ」

「待って」

俺と有瀬が同時に言う。クールビズとナードが振り向く。てかてかは動かない。その背中。

俺はコピー拳銃を構えてる——さっきナードが投げつけてったやつだ。

「そうだ。動くなよ」

「へっ。空なんだろ」

「実弾はな。硬ゴム弾だ。あんたらが余裕こいてばらまいてってたやつら。おそらくこの通り生きてられるが、運がよけりゃ、だ。確かなのは、当たると痛い、ってことだけだ」

ナードが紫に光る顔をしかめて、舌打ちする。「痛いのはもう、いやですなあ」とクールビズが静かに言う。

てかてかは。

てかてかは動かない。この世の始まりからそこにい続けたように。

おっちゃんが俺たちを見る。

「ぼん、よう彼女と走ってきたな。喜んでるで。原口、代打サヨナラホームランや」

「俺の祝福も、効くもんだな」

「こっちの――わいらの日常は延長戦やがな」

「待っていたよ」

　てかてかが、奇妙な――そう、この世界とは違う世界のように奇妙な発音をする。

「君たちが、ニンテンドースイッチを運んで来てくれると信じていた。君は実に優秀な運び屋だよ。少年よ」

「ボクの存在も忘れないでね。ボクは運び屋じゃない。泥棒。だから、盗んだものは、返さない」

「ほう。乙女よ――」

「さてここで問題です。ボクはスイッチをどうしたでしょう？　A・今もボクが持っている、B・嵐くんに預けてる、C・ここにくる途中、どこかに隠した、D・錯乱して自分でもわからない。さあ、ファイナルアンサー」

「Dに興味をそそられるがね、乙女よ」

「AでもBでも、ボクらのどちらかを撃てば、残ったほうが永久に逃げ続ける。ボクらを両方撃って、答えがCだとしたら、やはり永久にあなたたちにスイッチは手に入らない。さあ、賭けてみる？」

　ナードはまたも舌打ち、代わりに軽くステップを踏む。クールビズは「はあー」と嘆息して、拳銃をポケットに仕舞う。

　てかてかは。

何を考えてる、こいつ？

「理解しあったほうが良いようだね、少年よ、乙女よ」

ゆっくりとこちらに向きなおる。その顔色が、相変わらず――いや、少し変わってんだろうか？

――赤白い。

「いまさら、都合いいこと吐かしてんじゃ――」

俺を有瀬が制止する。

「聞こう。嵐くん」

「感謝するよ、乙女よ。――先ほど〈藤井聡太の流し目やばい〉氏の話を伺っていた。興味深かった」

「あんたもワイン党なのかい？」

「役、だよ。少年よ。まさにわたしたちは、役を演じているのだと、感じたことはないのかね？　君はふざけた小悪党の運び屋の役を演じている。乙女は、乙女の役を演じている。それは分かってもらえるだろうね、少年たち？」

有瀬は無言だった。

「誰よりも乙女らしい乙女。美しく、愛らしく、賢く。小悪魔的で、溌剌として、一緒に冒険の旅に出てくれる。少年が夢想に描くような少女像を、乙女よ、君は体を持って演じていたのではないかね？　そんな乙女がいるはずはないと、君たちは理解していたはずだったのではないかね？」

有瀬は無言。

俺は銃口を動かさずに、左肩だけすくめる。「まあ、仰ることは理解できますがね、おそらく」

「ならばこの理解もできるはずだ。――わたしたちは役を演じていると。こう言い換えてもいい。あのゲームのように、キャラクターを操作していると。いくつものゲームを渡り歩き、様々なゲームをプレイしていると。このプレイヤーを魂と呼び、ゲームを世界と呼ぶ。理解できるだろうね？」

てかてかが、しっかりと俺たちに体を向け、ゆっくりと歩いてくる。

「近づくな……」

「たくさんの世界がある。ここことは微妙に違う世界。たとえば、ＳＮＳがウィスパー、と呼ばれていない、その世界」

「だから、近づくなよ……」

「世界のひとつが、滅びようとしている」

有瀬が、俺の体に寄り添う。

「今日は何年何月何日かね？」

「二〇二〇年五月十二日――もう、十三日になったのかな……」

有瀬が、絞り出すように言う。

「そう、今日この日にも、その世界は疫病によって滅びようとしている。見てごらん」

てかてかのスマホを取り出す。

画像。

品川駅の、群衆が漏れなくマスクを着用して密集してる。

切り替わる。

体育館に、粗悪なベッドで患者たちが呼吸器をつけて、顔を隠した神父が立ち尽くしてる。

切り替わる。

街角で、積まれた死体を焼却炉に焼いてる。

どんなコラだい？　と訊く気力さえ、俺にはなかった。俺は投げ技に受け身しそこなったみたいに、頭を痺れさせてた。有瀬が身を震わせる。

「やめて……もう、やめてよ」

てかてかがスマホをしまう。俺たちとの距離は近く、果てしなく遠い。

「それで」

俺の声もかすれてる。

「それと、あの佐美子さんが作ったアプリの、何の関係があるんだい――」

「すべての人がネットにつながる世界。分かっているかね？　私たちはすでに一つの意識なのだよ。それを無意識レベルで自在に変更できると言うことは」

てかてかが右手を差し出す。

「世界を変更できると言うことだ。わたしはこれから世界を変更しにゆく。世界は滅びるには惜しい。世界は簡単に滅びる。いくつもの世界が滅びてきたのを、わたしは見すぎてしまった」

「あんたにはそれができるってのか……あんた、あんたは何なんだ」

「わたしは魂だ。魂によってあまたのゲームを同時にプレイするもの。わたしに家があるか、と訊いたね。わたしにとっての家郷は、世界の根元。そこからわたしは時と空間を旅する。そう、かつてわたしを、アレッサンドロ・ディ・カリオストロと呼んだ者たちもいた」

「あんたは世界を救うのか――」

「そうだ」

瞬間だった。見落としてた。上段蹴りがカリオストロの頭部を直撃――ゆっくりかもしれず、ほんの短い間隙だったかもしれず――逞しい体が倒れてゆく。

「へっ。ごたいそうなことで」

ナードの体がステップしてる。銃口を向ける間もなく、俺の右手は銃を跳ね飛ばされ、腹部に蹴り。俺、崩れ落ちる。

「てめえ――」

「うんざりなんだよ。セカイヲスクウ、とか。二十四時間テレビでやってろよ」

「てめえ、世界がどうなってもいいのかよ」

「うちらの世界じゃないぜ。第一、面白えじゃねえか、世界が滅びるんだぜ？　この糞ったれな世界がみんな死んじまうんだぜ？　そっちのほうにうちは手を貸してえよ、おたくならわかるんじゃねえのかよ……」

俺が言葉を発する前に、

「嵐くんが、そんなこと思うわけないよ！」

有瀬が叫ぶ。

「そうかい。仲良しさん。だったら、滅びちまいな――」

発砲。

ナードの肩をかすめてる。

茫然と――茫然とした顔で、クールビズ卵頭が銃を構えてる。ナードは舌打ちして、夜のほうへ駆け出してく。

「糞ったれだ！」

ナードの甲高い叫声。クールビズ卵頭力士はさらに引き金を引いて、ぶあん、と言う嫌な音――プラスチック拳銃が負荷に耐えられず破裂して、力士は驚愕して焼けた手を見つめてる。

有瀬がカリオストロの呼吸を確かめる。「大丈夫。気絶してるだけ」

「小錦さんよお――」

「その呼び方はやめて頂けませんかな。少年期のトラウマが蘇る」

「ならウサイン・ボルト、あんた、どうして――」

「私は、可愛い子が好きなのですよ」クールビズが有瀬を、ほとんど優しい、といっていい目で見つめる。

「あなたのような可愛い子。その滅びに瀕した世界にも、可愛い子がたくさんいるだろうと思うと、胸が痛くなりましてな――うらやましいが、その世界の私には、あなたのような恋人がいるかもしれない」

そいつは無理なんじゃねえか、と俺は思ったが、口には出さないでおいてやった。

「頼めるか。この伯爵を、安全なところまで運んでやってほしい。運び屋からの仕事依頼だ。おっちゃんも」

「かめへんがな――ぼんはどうすんのや」

「俺たちは、俺と有瀬は」

俺は再び立ち上がる。有瀬が手を差し伸べてくれる。

「このゲーセンを守る。その世界を守る」

「ほんまに守備できるんか？　その世界を救えんのか？」

「それは、その世界の人間に確かめてもらうさ。それに、今は点を取る時だ」

「わあった。甲子園九回裏三点差、二死満塁。代打、託したで」

クールビズ、あるいは愛すべきエルキュール・ポワロないしはハンプティ・ダンプティが、カリオストロ伯爵の体を持ち上げる。左脇を、おっちゃんが支える。

「明日も勝つといいな――」

「タイガースが強い年は、たいていロクなことが起きん年や。その世界ではどうかは知らんけど。そいでも、優勝せんよりしたほうがええわ」

「祝福を」

「ボクからも、祝福を」

おっちゃんがサムズアップで答える。三人はよろよろと、夜の中に消えてゆく。

俺と有瀬は二人きり。

世界がすべて消えてしまったように。

俺はかぶりを振り、拳銃を拾い、ハンプティ・ダンプティの壊れた銃から残りの四発を取り出し、俺の硬ゴム弾と交換する。

そこで限界——。俺は倒れ込み、吐いてる。血を。血の塊を吐いてる。

「嵐くんっ」

「ここまでみたいだ。悪い」

俺は激しく咳き込み、血しぶきが飛ぶ。その肩を有瀬が支える。

「嵐くん。ごめん。ごめんね。ボク、嵐くんのこと、何にも見てなかった」

「謝ることじゃない」

上体だけどうにか起こす。

「体調管理も仕事のうちだ。俺のプロ意識が足りなかっただけだ。ついてる日だと思ったが、ど畜生《ファック・マイ・ラック》。俺はやっぱり坊やでしかなかったよ」

遠くで、パワーショベルにエンジンのかかる音。

「坊やでいいよ」

有瀬が、青い瞳をうるませて、俺の頭をそっと抱く。「ボクの、小さな英雄。だから今度は、ボクを信じて」

「信じることは——」

「ううん」

有瀬がゆっくり、かぶりを振る。

「嵐くんは、信じることが嫌いなんじゃない。とっくに、じゃない、はじめっから、嵐くんは、信じちゃってるんだ。もう、信じちゃってることが、そのことが怖いんだ。違ってる？　違わないよね」

「ああ。そうだな」

俺は立ち上がろうとして、有瀬に抑えられる。手から、拳銃を奪われてる。拳銃はめくったスカートの中、ホットパンツに差し込まれる。

「有瀬。お前――」

「嵐くんは、ボクを信じてるよね。信じてもらえるなら、何だってできるよ、ボクは信じてるから、怖いけど、嵐」

有瀬は涙を拭い、右手の蝶に気付き、俺の右手に貼り直す。

笑顔。

カバンを下ろし、河出文庫『妖人奇人館』と、ニンテンドースイッチを取り出す。「返すね。大切に扱って」

「盗むんじゃないのか。盗むんだろ」

「とっくに、盗んだから」

荷物を、俺は渡された。

有瀬はかがみ、俺の額に唇をあてる。

一瞬という永遠。永遠という一瞬。

「忘れないでね、嵐――」

「待てっ」

　有瀬はインディアン・チーフにまたがり、二回目のキックでエンジンを起動させる。小さな体を目一杯使って、この化物マシンを操り、敵に立ち向かう――轟音を立てて迫ってくる、さらに巨大な魔竜、パワーショベルに向かって。

「有瀬！」

　俺は何をしていたのだろう？　重機の運転席のナードの表情など、見たくもなかった。――ただ、俺は有瀬を見てた。加速をつけてまともに重機へ走ってゆく。遠い。遠くなる、有瀬、そんなことをするな！　そんなことをしないでくれ！　衝突の寸前、有瀬は引き抜いた拳銃でインディアンのタンクを撃ち、爆発と同時に、パワーショベルに突っ込んでる。

　凄まじい爆音と光。

　燃え上がる鉄塊に向けて、蛾が飛んで行った。

　俺は炎を見てた。ああそうだ。どんな夜が過ぎ去っても、俺は忘れない。有瀬。いつか俺はこの街を出てゆく。その時、タンデムにお前を乗せてることを、俺は信じてる。

　轟音と炎の崩れる真上に、星が静かに瞬いてた。


（了）

きっかけ

ミカヅキカゲリ

わたしは脳だけ人間だ。四肢麻痺のため、躰（からだ）は殆ど動かせない。わたしに遺されたことと云えば、「メメント・モリ（とは云え、死とは、限らない）」か、釦（ボタン）で入力できるHearty Ladderと云う特殊な障害者むけ支援ソフトで、中指いっぽんで、想いを文字に文章にすることだ。

ここで、特筆するべきなのは、Hearty Ladderがフリーソフトだと云うところである。ほんとうに、頭が下がる。

とにかく、わたしは中指いっぽんで、更紗（わたしのパソコン。少年。）をほぼ自在に操ることができる。テキストエディタだけではない。AdobeのPhotoshopやInDesignなども、操作可能だ。（ただし、労力と時間は半端なくかかってしまう。）

＊

脳だけ人間のわたしは、もう15年来車椅子に乗っている。ものすごく目立つ真っ赤な電動車椅子。しかも、身体障害者手帳に加えて、精神障害者保健福祉手帳も持っている。Wの障害者手帳は、どちらも1級。障害者としては最強の部類に入る。

わたしがいまの躰《からだ》になったきっかけは、ぶっちゃけてしまうなら、自殺未遂だ。

わたしはずっと死にたかった。

どう云うわけだか、どうしても、世界に馴染むことができなかった。

のちに、その違和感には〈発達障害〉と云う名前がついたけれど、思春期の頃には苦しみばかりがあった。

*

それでも、生きてこられた。

そして、いま、生きてきて善かったと感じている。

この本は、タイトルどおり『十代への手紙』だ。十代のみなさまの輝かしい未来を願っている。

十代への手紙
2023年9月15日　第1刷発行

著　者　西崎　憲
　　　　川合大祐
　　　　ミカヅキカゲリ

発行者　三日月少女革命　http://3kaduki.link
装　丁　ミカヅキカゲリ・hidden design
印　刷　トム出版
定　価　660円（税別 600円）

ISBN 978-4-909036-12-4　C0093　Printed in Japan